Wilhelm Hauff

Das kalte Herz

Ein Märchen für Söhne und Töchter gebildeter

Stände

Wilhelm Hauff

Das kalte Herz

Ein Märchen für Söhne und Töchter gebildeter Stände

ISBN/EAN: 9783944349770

Auflage: 1

Erscheinungsjahr: 2013

Erscheinungsort: Bremen, Deutschland

Das kalte Herz

Ein Märchen für Söhne und Töchter gebildeter Stände

von

Wilhelm Hauff

Das kalte Herz.

Wer durch Schwaben reist, der sollte nie vergessen, auch ein wenig in den Schwarzwald hineinzuschauen; nicht der Bäume wegen, obgleich man nicht überall solch unermeßliche Menge herrlich aufgeschossener Tannen findet, sondern wegen der Leute, die sich von den andern Menschen ringsumher 5 merkwürdig unterscheiden. Sie sind größer als gewöhnliche Menschen, breitschultrig, von starken Gliedern, und es ist, als ob der stärkende Duft, der morgens durch die Tannen strömt, ihnen von Jugend auf einen freieren Atem, ein klareres Auge und einen festeren, wenn auch rauheren Mut 10 als den Bewohnern der Stromtäler und Ebenen gegeben hätte. Und nicht nur durch Haltung und Wuchs, auch durch ihre Sitten und Trachten sondern sie sich von den Leuten, die außerhalb des Waldes wohnen, streng ab. Am schönsten kleiden sich die Bewohner des badischen Schwarz- 15 waldes, die Männer lassen den Bart wachsen, wie er von Natur dem Mann ums Kinn gegeben ist, ihre schwarzen Wämser, ihre ungeheuren, enggefalteten Pluderhosen, ihre roten Strümpfe und die spitzen Hüte, von einer weiten Scheibe umgeben, verleihen ihnen etwas Fremdartiges, 20 aber etwas Ernstes, Ehrwürdiges. Dort beschäftigen sich die Leute gewöhnlich mit Glasmachen; auch verfertigen sie Uhren und tragen sie in der halben Welt umher.

1

Das kalte Herz

Auf der andern Seite des Waldes wohnt ein Teil des=
selben Stammes, aber ihre Arbeiten haben ihnen andere
Sitten und Gewohnheiten gegeben als den Glasmachern.
Sie handeln mit ihrem Wald; sie fällen und behauen ihre
5 Tannen, flößen sie durch die Nagold in den Neckar und von
dem obern Neckar den Rhein hinab, bis weit hinein nach
Holland, und am Meer kennt man die Schwarzwälder und
ihre langen Flöße; sie halten an jeder Stadt, die am Strom
liegt, an und erwarten stolz, ob man ihnen Balken und
10 Bretter abkaufen werde; ihre stärksten und längsten Balken
aber verhandeln sie um schweres Geld an die Mynheers,
welche Schiffe daraus bauen. Diese Menschen nun sind
an ein rauhes, wanderndes Leben gewöhnt. Ihre Freude
ist, auf ihrem Holz die Ströme hinabzufahren, ihr Leid,
15 am Ufer wieder heraufzuwandeln. Darum ist auch ihr
Prachtanzug so verschieden von dem der Glasmänner im
andern Teil des Schwarzwaldes. Sie tragen Wämser
von dunkler Leinwand, einen handbreiten, grünen Hosen=
träger über die breite Brust, Beinkleider von schwarzem
20 Leder, aus deren Tasche ein Zollstab von Messing wie ein
Ehrenzeichen hervorschaut; ihr Stolz und ihre Freude aber
sind ihre Stiefeln, die größten wahrscheinlich, welche auf
irgend einem Teil der Erde Mode sind; denn sie können
zwei Spannen weit über das Knie hinaufgezogen werden,
25 und die „Flößer" können damit in drei Schuh tiefem Wasser
umherwandeln, ohne sich die Füße naß zu machen.

Noch vor kurzer Zeit glaubten die Bewohner dieses Wal=
des an Waldgeister, und erst in neuerer Zeit hat man ihnen

diesen törichten Aberglauben benehmen können. Sonderbar ist es aber, daß auch die Waldgeister, die der Sage nach
im Schwarzwalde hausen, in diese verschiedenen Trachten
sich geteilt haben. So hat man versichert, daß das Glasmännlein, ein gutes Geistchen von vierthalb Fuß Höhe, sich 5
nie anders zeige als in einem spitzen Hütlein mit großem
Rand, mit Wams und Pluderhöschen und roten Strümpfchen. Der Holländer Michel aber, der auf der andern
Seite des Waldes umgeht, soll ein riesengroßer, breitschul-
triger Kerl in der Kleidung der Flößer sein, und mehrere, 10
die ihn gesehen haben wollen, versichern, daß sie die Kälber
nicht aus ihrem Beutel bezahlen möchten, deren Felle man
zu seinen Stiefeln brauchen würde. „So groß, daß ein
gewöhnlicher Mann bis an den Hals hineinstehen könnte,"
sagten sie, und wollten nichts übertrieben haben.   15

Mit diesen Waldgeistern soll einmal ein junger Schwarzwälder eine sonderbare Geschichte gehabt haben, die ich erzählen will. Es lebte nämlich im Schwarzwald eine
Witwe, Frau Barbara Munkin; ihr Gatte war Kohlenbrenner gewesen, und nach seinem Tod hielt sie ihren sech- 20
zehnjährigen Knaben nach und nach zu demselben Geschäft
an. Der junge Peter Munk, ein schlanker Bursche, ließ
es sich gefallen, weil er es bei seinem Vater auch nicht anders
gesehen hatte, die ganze Woche über am rauchenden Meiler
zu sitzen oder, schwarz und berußt und den Leuten ein Ab- 25
scheu, hinab in die Städte zu fahren und seine Kohlen zu
verkaufen. Aber ein Köhler hat viel Zeit zum Nachdenken
über sich und andere, und wenn Peter Munk an seinem

Meiler saß, stimmten die dunkeln Bäume umher und die
tiefe Waldesstille sein Herz zu Tränen und unbewußter
Sehnsucht. Es betrübte ihn etwas, es ärgerte ihn etwas,
er wußte nicht recht was. Endlich merkte er sich ab, was
5 ihn ärgerte, und das war — sein Stand. „Ein schwarzer,
einsamer Kohlenbrenner!" sagte er sich. „Es ist ein elend
Leben. Wie angesehen sind die Glasmänner, die Uhrmacher, selbst die Musikanten am Sonntag abends! Und
wenn Peter Munk, rein gewaschen und geputzt, in des
10 Vaters Ehrenwams mit silbernen Knöpfen und mit nagel-
neuen roten Strümpfen erscheint, und wenn dann einer
hinter mir hergeht und denkt: wer ist wohl der schlanke
Bursche? und lobt bei sich die Strümpfe und meinen stattlichen Gang — sieh, wenn er vorübergeht und schaut sich
15 um, sagt er gewiß: a ch, e s i st bloß der Kohlenmunkpeter."

Auch die Flößer auf der andern Seite waren ein Gegen-
stand seines Neides. Wenn diese Waldriesen herüberkamen,
mit stattlichen Kleidern, und an Knöpfen, Schnallen und
20 Ketten einen halben Zentner Silber auf dem Leib trugen,
wenn sie mit ausgespreizten Beinen und vornehmen Ge-
sichtern dem Tanz zuschauten, holländisch fluchten und wie
die vornehmsten Mynheers aus ellenlangen, kölnischen Pfei-
fen rauchten, da stellte er sich als das vollendetste Bild eines
25 glücklichen Menschen solch einen Flößer vor. Und wenn
diese Glücklichen dann erst in die Taschen fuhren, ganze
Hände voll großer Taler herauslangten und um Sechsbätzner würfelten, fünf Gulden hin, zehn her, so wollten

ihm die Sinne vergehen, und er schlich trübselig nach seiner
Hütte; denn an manchem Feiertagabend hatte er einen oder
den andern dieser „Holzherren" mehr verspielen sehen, als
der arme Vater Munk in einem Jahr verdiente. Es waren
vorzüglich drei dieser Männer, von welchen er nicht wußte, 5
welchen er am meisten bewundern sollte. Der eine war
ein dicker, großer Mann mit rotem Gesicht und galt für
den reichsten Mann in der Runde. Man hieß ihn den
dicken Ezechiel. Er reiste alle Jahre zweimal mit Bauholz
nach Amsterdam und hatte das Glück, es immer um so viel 10
teurer als andere zu verkaufen, daß er, wenn die übrigen zu
Fuß heimgingen, stattlich herauffahren konnte. Der andere
war der längste und magerste Mensch im ganzen Wald,
man nannte ihn den langen Schlurker, und diesen beneidete
Munk wegen seiner ausnehmenden Kühnheit; er widersprach 15
den angesehensten Leuten, brauchte, wenn man noch so ge=
drängt im Wirtshaus saß, mehr Platz als vier der dicksten,
denn er stützte entweder beide Ellbogen auf den Tisch, oder
zog eines seiner langen Beine zu sich auf die Bank, und doch
wagte ihm keiner zu widersprechen, denn er hatte unmensch= 20
lich viel Geld. Der dritte aber war ein schöner, junger
Mann, der am besten tanzte weit und breit, und daher den
Namen Tanzbodenkönig hatte. Er war ein armer Mensch
gewesen und hatte bei einem Holzherrn als Knecht gedient;
da wurde er auf einmal steinreich; die einen sagten, er habe 25
unter einer alten Tanne einen Topf voll Geld gefunden, die
anderen behaupteten, er habe unweit Bingen im Rhein mit
der Stechstange, womit die Flößer zuweilen nach den Fischen

stechen, einen Pack mit Goldstücken heraufgefischt, und der
Pack gehöre zu dem großen Nibelungenhort, der dort ver=
graben liegt; kurz, er war auf einmal reich geworden und
wurde von jung und alt angesehen wie ein Prinz.

5   An diese drei Männer dachte Kohlenmunkpeter oft, wenn
er einsam im Tannenwald saß. Zwar hatten alle drei
einen Hauptfehler, der sie bei den Leuten verhaßt machte, es
war dies ihr unmenschlicher Geiz, ihre Gefühllosigkeit gegen
Schuldner und Arme, denn die Schwarzwälder sind ein gut=
10 mütiges Völklein; aber man weiß, wie es mit solchen Din=
gen geht: waren sie auch wegen ihres Geizes verhaßt, so
standen sie doch wegen ihres Geldes in Ansehen; denn wer
konnte Taler wegwerfen, wie sie, als ob man das Geld von
den Tannen schüttelte?

15   „So geht es nicht mehr weiter," sagte Peter eines Tages
schmerzlich betrübt zu sich; denn tags zuvor war Feiertag ge=
wesen und alles Volk in der Schenke; „wenn ich nicht bald
auf den grünen Zweig komme, so tu' ich mir etwas zuleid;
wär' ich doch nur so angesehen und reich wie der dicke Eze=
20 chiel, oder so kühn und so gewaltig wie der lange Schlurker,
oder so berühmt und könnte den Musikanten Taler statt
Kreuzer zuwerfen, wie der Tanzbodenkönig! Wo nur der
Bursche das Geld her hat?" Allerlei Mittel ging er durch,
wie man sich Geld erwerben könne, aber keines wollte ihm
25 gefallen: endlich fielen ihm auch die Sagen von Leuten bei,
die vor alten Zeiten durch den Holländer Michel und durch
das Glasmännlein reich geworden waren. Solange sein
Vater noch lebte, kamen oft andere arme Leute zum Besuch,

und da wurde lang und breit von reichen Menschen gesprochen, und wie sie reich geworden; da spielte nun oft das Glasmännlein eine Rolle; ja, wenn er recht nachsann, konnte er sich beinahe noch des Versleins erinnern, das man am Tannenbühl in der Mitte des Waldes sprechen mußte, wenn 5 es erscheinen sollte. Es fing an:

> Schatzhauser im grünen Tannenwald,
> Bist schon viel hundert Jahre alt,
> Dir gehört all Land, wo Tannen stehn —

Aber er mochte sein Gedächtnis anstrengen, wie er wollte, 10 weiter konnte er sich keines Verses mehr entsinnen. Er dachte oft, ob er nicht diesen oder jenen alten Mann fragen sollte, wie das Sprüchlein heiße; aber immer hielt ihn eine gewisse Scheu, seine Gedanken zu verraten, ab, auch schloß er, es müsse die Sage vom Glasmännlein nicht sehr bekannt 15 sein, und den Spruch müßten nur wenige wissen, denn es gab nicht viele reiche Leute im Wald, und — warum hatten denn nicht sein Vater und die andern armen Leute ihr Glück versucht? Er brachte endlich einmal seine Mutter auf das Männlein zu sprechen, und diese erzählte ihm, was er schon 20 wußte, kannte auch nur noch die erste Zeile von dem Spruch und sagte ihm endlich, nur Leuten, die an einem Sonntag zwischen elf und zwei Uhr geboren seien, zeige sich das Geistchen. Er selbst würde wohl dazu passen, wenn er nur das Sprüchlein wüßte, denn er sei Sonntag mittags zwölf Uhr 25 geboren.

Als dies der Kohlenmunkpeter hörte, war er vor Freude

und vor Begierde, dies Abenteuer zu unternehmen, beinahe
außer sich.   Es schien ihm hinlänglich, einen Teil des
Sprüchleins zu wissen und am Sonntag geboren zu sein
und Glasmännlein mußte sich ihm zeigen.   Als er daher
5 eines Tages seine Kohlen verkauft hatte, zündete er keinen
neuen Meiler an, sondern zog seines Vaters Staatswams
und neue rote Strümpfe an, setzte den Sonntagshut auf,
faßte seinen fünf Fuß hohen Schwarzdornstock in die Hand
und nahm von der Mutter Abschied: „Ich muß aufs Amt
10 in die Stadt; denn wir werden bald spielen müssen, wer
Soldat wird, und da will ich dem Amtmann nur noch ein=
mal einschärfen, daß Ihr Witwe seid, und ich Euer einziger
Sohn."   Die Mutter lobte seinen Entschluß, er aber machte
sich auf nach dem Tannenbühl.   Der Tannenbühl liegt auf
15 der höchsten Höhe des Schwarzwaldes, und auf zwei Stunden
im Umkreis stand damals kein Dorf, ja nicht einmal eine
Hütte, denn die abergläubischen Leute meinten, es sei dort
unsicher.   Man schlug auch, so hoch und prachtvoll dort die
Tannen standen, ungern Holz in jenem Revier, denn oft
20 waren den Holzhauern, wenn sie dort arbeiteten, die Äxte
vom Stiel gesprungen und in den Fuß gefahren, oder
die Bäume waren schnell umgestürzt und hatten die Män=
ner mit umgerissen und beschädigt oder gar getötet; auch
hätte man die schönsten Bäume von dorther nur zu
25 Brennholz brauchen können, denn die Floßherren nahmen
nie einen Stamm aus dem Tannenbühl unter ein Floß
auf, weil die Sage ging, daß Mann und Holz verunglückte,
wenn ein Tannenbühler mit im Wasser sei.   Daher kam

es, daß im Tannenbühl die Bäume so dicht und so hoch
standen, daß es am hellen Tag beinahe Nacht war, und
Peter Munk wurde es ganz schaurig dort zumute · denn er
hörte keine Stimme, keinen Tritt als den seinigen, keine
Axt; selbst die Vögel schienen diese dichte Tannennacht zu 5
vermeiden.

Kohlenmunkpeter hatte jetzt den höchsten Punkt des Tan-
nenbühls erreicht und stand vor einer Tanne von ungeheurem
Umfang, um die ein holländischer Schiffsherr an Ort und
Stelle viele hundert Gulden gegeben hätte. „Hier,"dachte 10
er, „wird wohl der Schatzhauser wohnen," zog seinen großen
Sonntagshut, machte vor dem Baum eine tiefe Verbeugung, räusperte sich und sprach mit zitternder Stimme:
„Wünsche glückseligen Abend, Herr Glasmann." Aber es
erfolgte keine Antwort, und alles umher war still wie zuvor. 15
„Vielleicht muß ich doch das Verslein sprechen," dachte er
weiter und murmelte:

Schatzhauser im grünen Tannenwald,
    Bist schon viel hundert Jahre alt,
    Dir gehört all Land, wo Tannen stehn —   20

Indem er diese Worte sprach, sah er zu seinem großen
Schrecken eine ganz kleine, sonderbare Gestalt hinter der
dicken Tanne hervorschauen; es war ihm, als habe er das
Glasmännlein gesehen, wie man es beschrieben, das schwarze
Wämschen, die roten Strümpfchen, das Hütchen, alles 25
war so, selbst das blasse, aber feine und kluge Gesichtchen,
wovon man erzählte, glaubte er gesehen zu haben. Aber

ach, so schnell es hervorgeschaut hatte, das Glasmännlein,
so schnell war es auch wieder verschwunden! „Herr Glasmann," rief nach einigem Zögern Peter Munk, „seid so
gütig und haltet mich nicht für'n Narren. — Herr Glasmann, wenn Ihr meint, ich habe Euch nicht gesehen, so 5
täuschet Ihr Euch sehr, ich sah Euch wohl hinter dem Baum
hervorgucken." — Immer keine Antwort, nur zuweilen
glaubte er ein leises, heiseres Kichern hinter dem Baum zu
vernehmen. Endlich überwand seine Ungeduld die Furcht,
die ihn bis jetzt noch abgehalten hatte. „Warte, du kleiner 10
Bursche," rief er, „dich will ich bald haben," sprang mit
einem Satz hinter die Tanne, aber da war kein Schatzhauser
im grünen Tannenwald, und nur ein kleines, zierliches
Eichhörnchen jagte an dem Baum hinauf.

Peter Munk schüttelte den Kopf; er sah ein, daß er die 15
Beschwörung bis auf einen gewissen Grad gebracht habe,
und daß ihm vielleicht nur noch ein Reim zu dem Sprüchlein fehle, so könne er das Glasmännlein hervorlocken; aber
er sann hin, er sann her und fand nichts. Das Eichhörnchen zeigte sich an den untersten Ästen der Tanne und schien 20
ihn aufzumuntern oder zu verspotten. Es putzte sich, es
rollte den schönen Schweif, es schaute ihn mit klugen Augen
an, aber endlich fürchtete er sich doch beinahe, mit diesem Tier
allein zu sein; denn bald schien das Eichhörnchen einen Men-
schenkopf zu haben und einen dreispitzigen Hut zu tragen, bald 25
war es ganz wie ein anderes Eichhörnchen und hatte nur
an den Hinterfüßen rote Strümpfe und schwarze Schuhe.
Kurz, es war ein lustiges Tier, aber dennoch graute Koh-

lenpeter, denn er meinte, es gehe nicht mit rechten Din-
gen zu.

Mit schnelleren Schritten, als er gekommen war, zog
Peter wieder ab. Das Dunkel des Tannenwaldes schien
5 immer schwärzer zu werden, die Bäume standen immer dichter, und ihm fing an so zu grauen, daß er im Trab davon
jagte, und erst, als er in der Ferne Hunde bellen hörte und
bald darauf zwischen den Bäumen den Rauch einer Hütte
erblickte, wurde er wieder ruhiger. Aber als er näher kam
10 und die Tracht der Leute in der Hütte erblickte, fand er, daß
er aus Angst gerade die entgegengesetzte Richtung genommen und statt zu den Glasleuten zu den Flößern gekommen
sei. Die Leute, die in der Hütte wohnten, waren Holz-
fäller; ein alter Mann, sein Sohn, der Hauswirt, und einige
15 erwachsene Enkel. Sie nahmen Kohlenmunkpeter, der um
ein Nachtlager bat, gut auf, ohne nach seinem Namen und
Wohnort zu fragen; gaben ihm Apfelwein zu trinken, und
abends wurde ein großer Auerhahn, die beste Schwarzwald-
speise, aufgesetzt.

20 Nach dem Nachtessen setzten sich die Hausfrau und ihre
Töchter mit ihren Kunkeln um den großen Lichtspan, den
die Jungen mit dem feinsten Tannenharz unterhielten, der
Großvater, der Gast und der Hauswirt rauchten und schau-
ten den Weibern zu, die Bursche aber waren beschäftigt,
25 Löffel und Gabeln aus Holz zu schnitzeln. Draußen im
Wald heulte der Sturm und raste in den Tannen, man
hörte da und dort sehr heftige Schläge, und es schien oft, als
ob ganze Bäume abgeknickt würden und zusammenkrachten.

Die furchtlosen Jungen wollten hinaus in den Wald laufen und dieses furchtbar schöne Schauspiel mitansehen, ihr Großvater aber hielt sie mit strengem Wort und Blick zurück. „Ich will keinem raten, daß er jetzt von der Tür' geht," rief er ihnen zu; „bei Gott, der kommt nimmermehr wieder; denn der Holländer Michel haut sich heute nacht ein neues G'stair (Floßgelenk) im Wald."

Die Kleinen staunten ihn an; sie mochten von dem Holländer Michel schon gehört haben, aber sie baten jetzt den Ähni, einmal recht schön von jenem zu erzählen. Auch Peter Munk, der vom Holländer Michel auf der andern Seite des Waldes nur undeutlich hatte sprechen gehört, stimmte mit ein und fragte den Alten, wer und wo er sei. „Er ist der Herr dieses Waldes, und nach dem zu schließen, daß Ihr in Eurem Alter dies noch nicht erfahren, müßt Ihr drüben über dem Tannenbühl oder wohl gar noch weiter zu Hause sein. Vom Holländer Michel will ich Euch aber erzählen, was ich weiß, und wie die Sage von ihm geht.

„Vor etwa hundert Jahren, so erzählte es wenigstens mein Ähni, war weit und breit kein ehrlicheres Volk auf Erden als die Schwarzwälder. Jetzt, seit so viel Geld im Land ist, sind die Menschen unredlich und schlecht. Die jungen Burschen tanzen und johlen am Sonntag und fluchen, daß es ein Schrecken ist; damals war es aber anders, und wenn er jetzt zum Fenster dort hereinschaute, so sag' ich's, und hab es oft gesagt, der Holländer Michel ist schuld an all dieser Verderbnis. Es lebte also vor hundert Jahren und drüber ein reicher Holzherr, der viel Gesinde hatte;

er handelte bis weit den Rhein hinab, und sein Geschäft
war gesegnet, denn er war ein frommer Mann. Kommt
eines Abends ein Mann an seine Türe, dergleichen er noch
nie gesehen. Seine Kleidung war wie die der Schwarz=
5 wälder Burschen, aber er war einen guten Kopf höher als
alle, und man hatte noch nie geglaubt, daß es einen solchen
Riesen geben könne. Dieser bittet um Arbeit bei dem Holz=
herrn, und der Holzherr, der ihm ansah, daß er stark und
zu großen Lasten tüchtig sei, rechnet mit ihm seinen Lohn,
10 und sie schlagen ein. Der Michel war ein Arbeiter, wie sel=
biger Holzherr noch keinen gehabt. Beim Baumschlagen
galt er für drei, und wenn sechs am einen End schleppten,
trug er allein das andere. Als er aber ein halb Jahr Holz
geschlagen, trat er eines Tages vor seinen Herrn und be=
15 gehrte von ihm: „Hab' jetzt lang genug hier Holz gehackt,
und so möcht' ich auch sehen, wohin meine Stämme kommen,
und wie wär' es, wenn Ihr mich auch mal auf den Floß
ließet?"

Der Holzherr antwortete: „Ich will dir nicht im Weg
20 sein, Michel, wenn du ein wenig hinaus willst in die Welt;
zwar beim Holzfällen brauche ich starke Leute, wie du bist,
auf dem Floß aber kommt es auf Geschicklichkeit an, doch
es sei für diesmal."

Und so war es; der Floß, mit dem er abgehen sollte,
25 hatte acht Glaich (Glieder), und waren im letzten von den
größten Zimmerbalken. Aber was geschah? Am Abend
zuvor bringt der lange Michel noch acht Balken ans Wasser,
so dick und lang, als man keinen je sah, und jeden trug er

so leicht auf der Schulter wie eine Flößerstange, so daß sich
alles entsetzte. Wo er sie gehauen, weiß bis heute noch
niemand. Dem Holzherrn lachte das Herz, als er dies sah,
denn er berechnete, was diese Balken kosten könnten; Michel
aber sagte: "So, die sind für mich zum Fahren, auf den 5
kleinen Spänen dort kann ich nicht fortkommen;" sein Herr
wollte ihm zum Dank ein Paar Flößerstiefel schenken, aber
er warf sie auf die Seite und brachte ein Paar hervor, wie es
sonst noch keine gab; mein Großvater hat versichert, sie haben
hundert Pfund gewogen und seien fünf Fuß lang gewesen. 10
Der Floß fuhr ab, und hatte der Michel früher die Holz-
hauer in Verwunderung gesetzt, so staunten jetzt die Flößer;
denn statt daß der Floß, wie man wegen der ungeheuren
Balken geglaubt hatte, langsamer auf dem Fluß ging, flog
er, sobald sie in den Neckar kamen, wie ein Pfeil; machte 15
der Neckar eine Wendung, und hatten sonst die Flößer Mühe
gehabt, den Floß in der Mitte zu halten und nicht auf Kies
oder Sand zu stoßen, so sprang jetzt Michel allemal ins
Wasser, rückte mit einem Zug den Floß links oder rechts,
so daß er ohne Gefahr vorüberglitt, und kam dann eine ge= 20
rade Stelle, so lief er aufs erste G'stair vor, ließ alle ihre
Stangen beisetzen, steckte seinen ungeheuren Weberbaum
ins Kies, und mit e i n e m Druck flog der Floß dahin, daß
das Land und Bäume und Dörfer vorbeizujagen schienen.
So waren sie in der Hälfte der Zeit, die man sonst brauchte, 25
nach Köln am Rhein gekommen, wo sie sonst ihre Ladung
verkauft hatten; aber hier sprach Michel: "Ihr seid mir
rechte Kaufleute und versteht euren Nutzen! Meint ihr

denn, die Kölner brauchen all dies Holz, das aus dem Schwarzwald kommt, für sich? Nein, um den halben Wert kaufen sie es euch ab und verhandeln es teuer nach Holland. Lasset uns die kleinen Balken hier verkaufen und
5 mit den großen nach Holland gehen; was wir über den gewöhnlichen Preis lösen, ist unser eigener Profit."

So sprach der arglistige Michel, und die andern waren es zufrieden; die einen, weil sie gern nach Holland gezogen wären, es zu sehen, die andern des Geldes wegen. Nur ein
10 einziger war redlich und mahnte sie ab, das Gut ihres Herrn der Gefahr auszusetzen, oder ihn um den höheren Preis zu betrügen, aber sie hörten nicht auf ihn und vergaßen seine Worte, aber der Holländer Michel vergaß sie nicht. Sie fuhren auch mit dem Holz den Rhein hinab, Michel leitete
15 den Floß und brachte sie schnell bis nach Rotterdam. Dort bot man ihnen das Vierfache von dem früheren Preis, und besonders die ungeheuren Balken des Michel wurden mit schwerem Geld bezahlt. Als die Schwarzwälder so viel Geld sahen, wußten sie sich vor Freude nicht zu fassen.
20 Michel teilte ab, einen Teil dem Holzherrn, die drei andern unter die Männer. Und nun setzten sie sich mit Matrosen und anderem schlechten Gesindel in die Wirtshäuser, verschlemmten und verspielten ihr Geld, den braven Mann aber, der ihnen abgeraten, verkaufte der Holländer Michel
25 an einen Seelenverkäufer, und man hat nichts mehr von ihm gehört. Von da an war den Burschen im Schwarzwald Holland das Paradies, und Holländer Michel ihr König; die Holzherren erfuhren lange nichts von dem Han-

bel, und unvermerkt kam Geld, Flüche, schlechte Sitten,
Trunk und Spiel aus Holland herauf.

Der Holländer Michel war, als die Geschichte herauskam,
nirgends zu finden, aber tot ist er auch nicht; seit hundert
Jahren treibt er seinen Spuk im Wald, und man sagt, daß 5
er schon vielen behilflich gewesen sei, reich zu werden, aber —
auf Kosten ihrer armen Seele, und mehr will ich nicht sagen.
Aber so viel ist gewiß, daß er noch jetzt in solchen Sturm=
nächten im Tannenbühl, wo man nicht hauen soll, überall
die schönsten Tannen aussucht, und mein Vater hat ihn 10
eine vier Schuh dicke umbrechen sehen wie ein Rohr. Mit
diesen beschenkt er die, welche sich vom Rechten abwenden
und zu ihm gehen; um Mitternacht bringen sie dann die
G'stair ins Wasser, und er rudert mit ihnen nach Holland.
Aber wäre ich Herr und König in Holland, ich ließe ihn 15
mit Kartätschen in den Boden schmettern, denn alle Schiffe,
die von dem Holländer Michel auch nur e i n e n Balken
haben, müssen untergehen. Daher kommt es, daß man
von so vielen Schiffbrüchen hört; wie könnte denn sonst ein
schönes, starkes Schiff, so groß als eine Kirche, zugrunde 20
gehen auf dem Wasser? Aber so oft Holländer Michel in
einer Sturmnacht im Schwarzwald eine Tanne fällt, springt
eine seiner alten aus den Fugen des Schiffes; das Wasser
bringt ein, und das Schiff ist mit Mann und Maus ver=
loren. Das ist die Sage vom Holländer Michel, und wahr 25
ist es, alles Böse im Schwarzwald schreibt sich von ihm her;
o! er kann einen reich machen!" setzte der Greis geheimnis=
voll hinzu, „aber ich möchte nichts von ihm haben; ich möchte

um keinen Preis in der Haut des dicken Ezechiel und des langen Schlurkers stecken; auch der Tanzbodenkönig soll sich ihm ergeben haben!"

Der Sturm hatte sich während der Erzählung des Alten
5 gelegt; die Mädchen zündeten schüchtern die Lampen an und gingen weg; die Männer aber legten Peter Munk einen Sack voll Laub als Kopfkissen auf die Ofenbank und wünschten ihm gute Nacht.

Kohlenmunkpeter hatte noch nie so schwere Träume ge=
10 habt, wie in dieser Nacht; bald glaubte er, der finstere, rie= sige Holländer Michel reiße die Stubenfenster auf und reiche mit seinem ungeheuer langen Arm einen Beutel voll Gold= stücke herein, die er untereinander schüttelte, daß es hell und lieblich klang; bald sah er wieder das kleine, freundliche
15 Glasmännlein auf einer ungeheuren grünen Flasche im Zimmer umherreiten, und er meinte das heisere Lachen wieder zu hören wie im Tannenbühl; dann brummte es ihm wieder ins linke Ohr:

       „In Holland gibt's Gold,
20   Könnt's haben, wenn Ihr wollt,
       Um geringen Sold,
       Gold, Gold!"

Dann hörte er wieder in sein rechtes Ohr das Liedchen vom Schatzhauser im grünen Tannenwald klingen, und
25 eine zarte Stimme flüsterte: „Dummer Kohlenpeter, dum= mer Peter Munk, kannst kein Sprüchlein reimen auf stehen und bist doch am Sonntag geboren Schlag zwölf Uhr. Reime, dummer Peter, reime!"

Er ächzte, er stöhnte im Schlaf, er mühte sich ab, einen
Reim zu finden, aber da er in seinem Leben noch keinen gemacht hatte, war seine Mühe im Traume vergebens. Als
er aber mit dem ersten Frührot erwachte, kam ihm doch
sein Traum sonderbar vor; er setzte sich mit verschränkten 5
Armen hinter den Tisch und dachte über die Einflüsterungen
nach, die ihm noch immer im Ohr lagen; „reime, dummer
Kohlenmunkpeter, reime," sprach er zu sich und pochte mit
dem Finger an seine Stirne, aber es wollte kein Reim her-
vorkommen. Als er noch so da saß, trübe vor sich hinschaute 10
und an den Reim auf stehen dachte, da zogen drei Bursche
vor dem Haus vorbei in den Wald, und einer sang im Vor-
beigehen:

> „Am Berge tat ich stehen
> Und schaute in das Tal,   15
> Da hab ich sie gesehen
> Zum allerletztenmal."

Das fuhr wie ein leuchtender Blitz durch Peters Ohr,
und hastig raffte er sich auf, stürzte aus dem Haus, weil er
meinte, nicht recht gehört zu haben, sprang den drei Bur- 20
schen nach und packte den Sänger hastig und unsanft beim
Arm. „Halt Freund," rief er, „was habt Ihr da auf
stehen gereimt? Tut mir die Liebe und sprecht, was
Ihr gesungen."

„Was ficht's dich an, Bursche?" entgegnete der Schwarz- 25
wälder. „Ich kann singen, was ich will, und laß gleich
meinen Arm los, oder —"

„Nein, sagen sollst du, was du gesungen hast!" schrie

Peter beinahe außer sich und packte ihn noch fester an, die zwei andern aber, als sie dies sahen, zögerten nicht lange, sondern fielen mit derben Fäusten über den armen Peter her und walkten ihn derb, bis er vor Schmerzen das Ge-
5 wand des britten ließ und erschöpft in die Knie sank. „Jetzt hast du dein Teil," sprachen sie lachend, „und merk' dir, toller Bursche, daß du Leute, wie wir sind, nimmer anfällst auf offenem Wege."

„Ach, ich will mir es gewißlich merken!" erwiderte Koh=
10 lenpeter seufzend. „Aber, so ich die Schläge habe, seid so gut und saget deutlich, was jener gesungen."

Da lachten sie aufs neue und spotteten ihn aus; aber der das Lied gesungen, sagte es ihm vor, und lachend und sin= gend zogen sie weiter.

15 „Also s e h e n," sprach der arme Geschlagene, indem er sich mühsam aufrichtete; „s e h e n auf s t e h e n, jetzt, Glas= männlein, wollen wir wieder ein Wort zusammen sprechen." Er ging in die Hütte, holte seinen Hut und den langen Stock, nahm Abschied von den Bewohnern der Hütte und trat
20 seinen Rückweg nach dem Tannenbühl an. Er ging lang= sam und sinnend seine Straße, denn er mußte ja einen Vers ersinnen; endlich, als er schon in dem Bereich des Tannen= bühls ging, und die Tannen höher und dichter wurden, hatte er auch seinen Vers gefunden und machte vor Freuden
25 einen Sprung in die Höhe. Da trat ein riesengroßer Mann in Flößerkleidung, und eine Stange so lang wie ein Mastbaum in der Hand, hinter den Tannen hervor. Peter Munk sank beinahe in die Knie, als er jenen langsamen

Schrittes neben sich wandeln sah; denn er dachte, das ist
der Holländer Michel und kein anderer. Noch immer
schwieg die furchtbare Gestalt, und Peter schielte zuweilen
furchtsam nach ihm hin. Er war wohl einen Kopf größer
als der längste Mann, den Peter je gesehen, sein Gesicht 5
war nicht mehr jung, doch auch nicht alt, aber voll Furchen
und Falten; er trug ein Wams von Leinwand, und die ungeheuren Stiefeln, über die Lederbeinkleider heraufgezogen,
waren Peter aus der Sage wohl bekannt.

„Peter Munk, was tust du im Tannenbühl?" fragte der 10
Waldkönig endlich mit tiefer, dröhnender Stimme.

„Guten Morgen, Landsmann," antwortete Peter, indem
er sich unerschrocken zeigen wollte, aber heftig zitterte. „Ich
will durch den Tannenbühl nach Haus zurück."

„Peter Munk," erwiderte jener und warf einen stechenden, 15
furchtbaren Blick nach ihm herüber, „dein Weg geht nicht
durch diesen Hain."

„Nun, so gerade just nicht," sagte jener, „aber es macht
heute warm, da dachte ich, es wird hier kühler sein."

„Lüge nicht, du Kohlenpeter!" rief Holländer Michel mit 20
donnernder Stimme, „oder ich schlag' dich mit der Stange
zu Boden; meinst, ich hab' dich nicht betteln sehen bei dem
Kleinen?" setzte er sanft hinzu. „Geh, geh, das war ein
dummer Streich, und gut ist es, daß du das Sprüchlein
nicht wußtest; er ist ein Knauser, der kleine Kerl, und gibt 25
nicht viel, und wem er gibt, der wird seines Lebens nicht
froh. — Peter, du bist ein armer Tropf und dauerst mich
in der Seele; so ein munterer, schöner Bursche, der in der

Welt was anfangen könnte, und sollst Kohlen brennen! Wenn andere große Taler oder Dukaten aus dem Ärmel schütteln, kannst du kaum ein paar Sechser aufwenden; 's ist ein ärmlich Leben."

5   „Wahr ist's; und recht habt Ihr; ein elendes Leben."

„Na, mir soll's nicht darauf ankommen," fuhr der schreck= liche Michel fort, „hab' schon manchem braven Kerl aus der Not geholfen, und du wärest nicht der erste.   Sag' einmal, wie viel hundert Taler brauchst du fürs erste?"

10   Bei diesen Worten schüttelte er das Geld in seiner unge= heuren Tasche untereinander, und es klang wieder wie diese Nacht im Traum.   Aber Peters Herz zuckte ängstlich und schmerzhaft bei diesen Worten, es wurde ihm kalt und warm, und der Holländer Michel sah nicht aus, wie wenn er aus
15 Mitleid Geld wegschenkte, ohne etwas dafür zu verlangen. Es fielen ihm die geheimnisvollen Worte des alten Mannes über die reichen Menschen ein, und von unerklärlicher Angst und Bangigkeit gejagt, rief er: „Schön Dank, Herr!   Aber mit Euch will ich nichts zu schaffen haben, und ich kenn' Euch
20 schon," und lief, was er laufen konnte. — Aber der Wald= geist schritt mit ungeheuren Schritten neben ihm her und murmelte dumpf und drohend: „Wirst's noch bereuen, Peter, auf deiner Stirne steht's geschrieben, in deinem Auge ist's zu lesen: du entgehst mir nicht. — Lauf nicht so schnell, höre
25 nur noch ein vernünftig Wort, dort ist schon meine Grenze." Aber als Peter dies hörte und unweit vor sich einen kleinen Graben sah, beeilte er sich nur noch mehr, über die Grenze zu kommen, so daß Michel am Ende schneller laufen mußte

und unter Flüchen und Drohungen ihn verfolgte. Der junge Mann setzte mit einem verzweifelten Sprung über den Graben, denn er sah, wie der Waldgeist mit seiner Stange ausholte und sie auf ihn niederschmettern lassen wollte; er kam glücklich jenseits an, und die Stange zer- 5 splitterte in der Luft wie an einer unsichtbaren Mauer, und ein langes Stück fiel zu Peter herüber.

Triumphierend hob er es auf, um es dem groben Hollän= der Michel zuzuwerfen; aber in diesem Augenblick fühlte er das Stück Holz in seiner Hand sich bewegen, und zu seinem 10 Entsetzen sah er, daß es eine ungeheure Schlange sei, was er in der Hand hielt, die sich schon mit geifernder Zunge und mit blitzenden Augen an ihm hinaufbäumte. Er ließ sie los, aber sie hatte sich schon fest um seinen Arm gewickelt und kam mit schwankendem Kopfe seinem Gesicht immer 15 näher; da rauschte auf einmal ein ungeheurer Auerhahn nieder, packte den Kopf der Schlange mit dem Schnabel, erhob sich mit ihr in die Lüfte, und Holländer Michel, der dies alles von dem Graben aus gesehen hatte, heulte und schrie und raste, als die Schlange von einem Gewaltigern 5 entführt ward.

Erschöpft und zitternd setzte Peter seinen Weg fort; der Pfad wurde steiler, die Gegend wilder, und bald fand er sich an der ungeheuren Tanne. Er machte wieder wie gestern seine Verbeugungen gegen das unsichtbare Glasmännlein 10 und hub dann an:

„Schatzhauser im grünen Tannenwald,
Bist schon viel hundert Jahre alt,
Dein ist all Land, wo Tannen stehn,
Läßt dich nur Sonntagskindern sehn."

15 „Hast's zwar nicht ganz getroffen, aber weil du es bist, Kohlenmunkpeter, so soll es so hingehen," sprach eine zarte, feine Stimme neben ihm. Erstaunt sah er sich um und unter einer schönen Tanne saß ein kleines, altes Männlein, in schwarzem Wams und roten Strümpfen, und den großen 20 Hut auf dem Kopfe. Er hatte ein feines, freundliches Gesichtchen und ein Bärtchen, so zart wie aus Spinnweben; er rauchte, was sonderbar anzusehen war, aus einer Pfeife von blauem Glas, und als Peter näher trat, sah er zu seinem Erstaunen, daß auch Kleider, Schuhe und Hut des 25 Kleinen aus gefärbtem Glas bestanden; aber es war geschmeidig, als ob es noch heiß wäre, denn es schmiegte sich wie ein Tuch nach jeder Bewegung des Männleins.

„Du haft dem Flegel begegnet, dem Holländer Michel?"
sagte der Kleine, indem er zwischen jedem Worte sonderbar
hüftelte. „Er hat dich recht ängftigen wollen, aber seinen
Kunftprügel habe ich ihm abgesagt, den soll er nimmer
wieder kriegen."   5

„Ja, Herr Schahhaufer," erwiderte Peter mit einer
tiefen Verbeugung, „es war mir recht bange. Aber Ihr
seid wohl der Herr Auerhahn gewesen, der die Schlange tot
gebissen; da bedanke ich mich schönftens. — Ich komme
aber, um mich Rats zu erholen bei Euch; es geht mir gar   10
schlecht und hinderlich; ein Kohlenbrenner bringt es nicht
weit, und da ich noch jung bin, dächte ich doch, es könnte
noch was Besseres aus mir werden; und wenn ich oft andere
sehe, wie weit die es in kurzer Zeit gebracht haben; wenn ich
nur den Ezechiel nehme und den Tanzbodenkönig, die haben   15
Geld wie Heu."

„Peter," sagte der Kleine sehr ernft und blies den Rauch
aus seiner Pfeife weit hinweg, „Peter, sag' mir nichts von
d i e s e n. Was haben sie davon, wenn sie hier ein paar
Jahre dem Schein nach glücklich und dann nachher defto   20
unglücklicher sind? Du mußt dein Handwerk nicht ver=
achten; dein Vater und Großvater waren Ehrenleute und
haben es auch getrieben, Peter Munk! Ich will nicht
hoffen, daß es Liebe zum Müßiggang ift, was dich zu mir
führt."   25

Peter erschrak vor dem Ernft des Männleins und errötete.
„Nein," sagte er, „Müßiggang, weiß ich wohl, Herr Schah=
haufer im Tannenwald, Müßiggang ift aller Lafter Anfang,

aber das könnet Ihr mir nicht übelnehmen, wenn mir ein anderer Stand besser gefällt als der meinige. Ein Kohlen= brenner ist halt so gar etwas Geringes auf der Welt, und die Glasleute und Flößer und Uhrmacher und alle sind an= 5 gesehener."

„Hochmut kommt oft vor dem Fall," erwiderte der kleine Herr vom Tannenwald etwas freundlicher. „Ihr seid ein sonderbar Geschlecht, ihr Menschen! Selten ist einer mit dem Stand ganz zufrieden, in dem er geboren und erzogen 10 ist; und was gilt's, wenn du ein Glasmann wärest, möchtest du gern ein Holzherr sein, und wärest du Holzherr, so stünde dir des Försters Dienst oder des Amtmanns Wohnung an? Aber es sei; wenn du versprichst, brav zu arbeiten, so will ich dir zu etwas Besserem verhelfen, Peter. Ich pflege 15 jedem Sonntagskind, das sich zu mir zu finden weiß, drei Wünsche zu gewähren. Die ersten zwei sind frei. Den dritten kann ich verweigern, wenn er töricht ist. So wün= sche dir also jetzt etwas. Aber — Peter, etwas Gutes und Nützliches."

20 „Heisa! Ihr seid ein treffliches Glasmännlein, und mit Recht nennt man Euch Schatzhauser, denn bei Euch sind die Schätze zu Hause. Nu — und also darf ich wün= schen, wonach mein Herz begehrt, so will ich denn fürs erste, daß ich noch besser tanzen könne als der Tanzbodenkönig, 25 und immer so viel Geld in der Tasche habe als der dicke Ezechiel."

„Du Tor!" erwiderte der Kleine zürnend. „Welch ein erbärmlicher Wunsch ist dies, gut tanzen zu können und

Geld zum Spiel zu haben! Schämst du dich nicht, dummer Peter, dich selbst um dein Glück zu betrügen? Was nützt es dir und deiner armen Mutter, wenn du tanzen kannst? Was nützt dir dein Geld, das nach deinem Wunsch nur für das Wirtshaus ist und wie das des elenden Tanzboden= königs dort bleibt? Dann hast du wieder die ganze Woche nichts und darbst wie zuvor. Noch einen Wunsch gebe ich dir frei, aber sieh dich vor, daß du vernünftiger wünschest."

Peter kratzte sich hinter den Ohren und sprach nach eini= gem Zögern: „Nun, so wünsche ich mir die schönste und reichste Glashütte im ganzen Schwarzwald mit allem Zu= gehör und Geld, sie zu leiten."

„Sonst nichts?" fragte der Kleine mit besorglicher Miene. „Peter, sonst nichts?"

„Nun — Ihr könntet noch ein Pferd dazutun und ein Wägelchen —"

„O, du dummer Kohlenmunkpeter!" rief der Kleine und warf seine gläserne Pfeife im Unmut an eine dicke Tanne, daß sie in hundert Stücke sprang, „Pferde? Wägelchen? Verstand, sag' ich dir, Verstand, gesunden Menschenver= stand und Einsicht hättest du dir wünschen sollen, aber nicht Pferdchen und Wägelchen. Nun, werde nur nicht so traurig, wir wollen sehen, daß es auch so nicht zu deinem Schaden ist; denn der zweite Wunsch war im ganzen nicht töricht. Eine gute Glashütte nährt auch ihren Mann und Meister, nur hättest du Einsicht und Verstand dazu mitnehmen können, Wagen und Pferde wären dann wohl von selbst gekommen."

„Aber, Herr Schatzhauſer,“ erwiderte Peter. „Ich habe
ja noch einen Wunſch übrig. Da könnte ich ja Verſtand
wünſchen, wenn er mir ſo überaus nötig iſt, wie Ihr mei=
net.“

5　„Nichts da. Du wirſt noch in manche Verlegenheit
kommen, wo du froh ſein wirſt, wenn du noch einen Wunſch
frei haſt. Und nun mache dich auf den Weg nach Hauſe.
Hier ſind,“ ſprach der kleine Tannengeiſt, indem er ein
kleines Beutelein aus der Taſche zog, „hier ſind zweitauſend
10　Gulden, und damit genug, und komm mir nicht wieder,
um Geld zu fordern, denn dann müßte ich dich an die höchſte
Tanne aufhängen. So hab’ ich’s gehalten, ſeit ich in dem
Wald wohne. Vor drei Tagen aber iſt der alte Winkfritz
geſtorben, der die große Glashütte gehabt hat im Unter=
15　wald. Dorthin gehe morgen frühe und mach’ ein Bot auf
das Gewerbe, wie es recht iſt. Halt dich wohl, ſei fleißig,
und ich will dich zuweilen beſuchen und dir mit Rat und
Tat an die Hand gehen, weil du dir doch keinen Verſtand
erbeten. Aber, und das ſag’ ich dir ernſtlich, dein erſter
20　Wunſch war böſe. Nimm dich in acht vor dem Wirts=
hauslaufen, Peter! ’s hat noch bei keinem lange gut getan.“
Das Männlein hatte, während es dies ſprach, eine neue
Pfeife vom ſchönſten Beinglas hervorgezogen, ſie mit ge=
börrten Tannenzapfen geſtopft und in den kleinen, zahn=
25　loſen Mund geſteckt. Dann zog er ein ungeheures Brenn=
glas hervor, trat in die Sonne und zündete ſeine Pfeife an.
Als er damit fertig war, bot er dem Peter freundlich die
Hand, gab ihm noch ein paar gute Lehren auf den Weg,

rauchte und blies immer schneller und verschwand endlich
in einer Rauchwolke, die nach echtem holländischen Tabak
roch und langsam sich kräuselnd in den Tannenwipfeln ver-
schwebte.

Als Peter nach Haus kam, fand er seine Mutter sehr in 5
Sorgen um ihn, denn die gute Frau glaubte nicht anders,
als ihr Sohn sei zum Soldaten ausgehoben worden. Er
aber war fröhlich und guter Dinge und erzählte ihr, wie er
im Wald einen guten Freund getroffen, der ihm Geld vor-
geschossen habe, um ein anderes Geschäft als Kohlenbrennen 10
anzufangen. Obgleich seine Mutter schon seit dreißig
Jahren in der Köhlerhütte wohnte und an den Anblick be-
rußter Leute so gewöhnt war, wie jede Müllerin an das
Mehlgesicht ihres Mannes, so war sie doch eitel genug, sobald ihr Peter ein glänzenderes Los zeigte, ihren früheren 15
Stand zu verachten und sprach: „Ja, als Mutter eines
Mannes, der eine Glashütte besitzt, bin ich doch was anderes
als Nachbarin Grete und Bete, und setze mich in Zukunft
vornehin in der Kirche, wo rechte Leute sitzen." Ihr Sohn
aber wurde mit den Erben der Glashütte bald handelseinig. 20
Er behielt die Arbeiter, die er vorfand, bei sich und ließ nun
Tag und Nacht Glas machen. Anfangs gefiel ihm das
Handwerk wohl. Er pflegte gemächlich in die Glashütte
hinabzusteigen, ging dort mit vornehmen Schritten, die
Hände in die Taschen gesteckt, hin und her, guckte dahin, 25
guckte dorthin, sprach dies und jenes, worüber seine Arbeiter
oft nicht wenig lachten, und seine größte Freude war, das
Glas blasen zu sehen, und oft machte er sich an die Arbeit

und formte aus der noch weichen Masse die sonderbarsten
Figuren.   Bald aber war ihm die Arbeit entleidet, und er
kam zuerst nur noch eine Stunde des Tages in die Hütte,
dann nur alle zwei Tage, endlich die Woche nur einmal,
5 und seine Gesellen machten, was sie wollten.   Das alles
kam aber nur vom Wirtshauslaufen.   Den Sonntag,
nachdem er vom Tannenbühl zurückgekommen war, ging
er ins Wirtshaus, und wer schon auf dem Tanzboden sprang,
war der Tanzbodenkönig, und der dicke Ezechiel saß auch
10 schon hinter der Maßkanne und knöchelte um Kronentaler.
Da fuhr Peter schnell in die Tasche, zu sehen, ob ihm das
Glasmännlein Wort gehalten, und siehe, seine Tasche strotzte
von Silber und Gold.   Auch in seinen Beinen zuckte und
drückte es, wie wenn sie tanzen und springen wollten, und
15 als der erste Tanz zu Ende war, stellte er sich mit seiner
Tänzerin obenan neben den Tanzbodenkönig, und sprang
dieser drei Schuh hoch, so flog Peter vier, und machte dieser
wunderliche und zierliche Schritte, so verschlang und drehte
Peter seine Beine, daß alle Zuschauer vor Lust und Ver-
20 wunderung beinahe außer sich kamen.   Als man aber auf
dem Tanzboden vernahm, daß Peter eine Glashütte gekauft
habe, als man sah, daß er, so oft er an den Musikanten
vorbeitanzte, ihnen einen Sechsbätzner zuwarf, da war des
Staunens kein Ende.   Die einen glaubten, er habe einen
25 Schatz im Wald gefunden, die andern meinten, er habe
eine Erbschaft getan, aber alle verehrten ihn jetzt und hielten
ihn für einen gemachten Mann, nur weil er Geld hatte.
Verspielte er doch noch an demselben Abend zwanzig Gulden,

und nichts desto minder rasselte und klang es in seiner Ta=
sche, wie wenn noch hundert Taler darin wären.

Als Peter sah, wie angesehen er war, wußte er sich vor
Freude und Stolz nicht zu fassen. Er warf das Geld mit
vollen Händen weg und teilte es den Armen reichlich mit, 5
wußte er doch, wie ihn selbst einst die Armut gedrückt hatte.
Des Tanzbodenkönigs Künste wurden vor den übernatür=
lichen Künsten des neuen Tänzers zuschanden, und Peter
führte jetzt den Namen Tanzkaiser. Die unternehmend=
sten Spieler am Sonntag wagten nicht so viel wie er, aber sie 10
verloren auch nicht so viel. Und je mehr er verlor, desto
mehr gewann er. Das verhielt sich aber ganz so, wie er es
vom kleinen Glasmännlein verlangt hatte. Er hatte sich
gewünscht, immer so viel Geld in der Tasche zu haben wie
der dicke Ezechiel, und gerade dieser war es, an welchen er 15
sein Geld verspielte. Und wenn er zwanzig, dreißig Gulden
auf einmal verlor, so hatte er sie alsobald wieder in der
Tasche, wenn sie Ezechiel einstrich. Nach und nach brachte
er es aber im Schlemmen und Spielen weiter als die schlech=
testen Gesellen im Schwarzwald, und man nannte ihn 20
öfter Spielpeter als Tanzkaiser, denn er spielte jetzt auch
beinahe an allen Werktagen. Darüber kam aber seine
Glashütte nach und nach in Verfall, und daran war Peters
Unverstand schuld. Glas ließ er machen, so viel man
immer machen konnte, aber er hatte mit der Hütte nicht 25
zugleich das Geheimnis gekauft, wohin man es am besten
verschleißen könne. Er wußte am Ende mit der Menge
Glas nichts anzufangen und verkaufte es um den halben

Preis an herumziehende Händler, nur um seine Arbeiter
bezahlen zu können.

Eines Abends ging er auch wieder vom Wirtshaus heim
und dachte trotz des vielen Weines, den er getrunken um
5 sich fröhlich zu machen, mit Schrecken und Gram an den
Verfall seines Vermögens. Da bemerkte er auf einmal,
daß jemand neben ihm gehe, er sah sich um, und siehe da —
es war das Glasmännlein. Da geriet er in Zorn und
Eifer, vermaß sich hoch und teuer und schwur, der Kleine
10 sei an all seinem Unglück schuld. „Was tu' ich nun mit
Pferd und Wägelchen?" rief er. „Was nützt mich die
Hütte und all mein Glas? Selbst als ich noch ein elender
Köhlersbursch war, lebte ich froher und hatte keine Sorgen.
Jetzt weiß ich nicht, wann der Amtmann kommt und meine
15 Habe schätzt und mich pfändet der Schulden wegen!"

„So?" entgegnete das Glasmännlein. „So? Ich also
soll schuld daran sein, wenn du unglücklich bist? Ist dies
der Dank für meine Wohltaten? Wer hieß dich auch so
töricht wünschen? Ein Glasmann wolltest du sein und
20 wußtest nicht, wohin dein Glas verkaufen? Sagte ich dir
nicht, du solltest behutsam wünschen? Verstand, Peter,
Klugheit hat dir gefehlt."

„Was Verstand und Klugheit!" rief jener, „ich bin ein so
kluger Bursche als irgend einer und will es dir zeigen, Glas=
25 männlein," und bei diesen Worten faßte er das Männlein
unsanft am Kragen und schrie: „Hab' ich dich jetzt, Schatz=
hauser im grünen Tannenwald? Und den dritten Wunsch
will ich jetzt tun, den sollst du mir gewähren. Und so will

ich hier auf der Stelle zweimalhunderttausend harte Taler
und ein Haus und — o weh!" schrie er und schüttelte die
Hand, denn das Waldmännlein hatte sich in glühendes
Glas verwandelt und brannte in seiner Hand wie sprühendes
Feuer. Aber von dem Männlein war nichts mehr zu 5
sehen.

Mehrere Tage lang erinnerte ihn seine geschwollene Hand
an seine Undankbarkeit und Torheit. Dann aber über=
täubte er sein Gewissen und sprach: „Und wenn sie mir die
Glashütte und alles verkaufen, so bleibt mir doch immer 10
der dicke Ezechiel. Solange der Geld hat am Sonntag,
kann es mir nicht fehlen."

Ja, Peter! Aber wenn er keines hat? Und so geschah
es eines Tages und war ein wunderliches Rechenexempel.
Denn eines Sonntags kam er angefahren ans Wirtshaus, 15
und die Leute streckten die Köpfe durch die Fenster, und der
eine sagte: Da kommt der Spielpeter, und der andere: Ja,
der Tanzkaiser, der reiche Glasmann, und ein dritter schüt=
telte den Kopf und sprach: „Mit dem Reichtum kann man
es machen, man sagt allerlei von seinen Schulden, und in 20
der Stadt hat einer gesagt, der Amtmann werde nicht mehr
lange säumen zum Auspfänden." Indessen grüßte der
reiche Peter die Gäste am Fenster vornehm und gravitätisch,
stieg vom Wagen und schrie: „Sonnenwirt, guten Abend,
ist der dicke Ezechiel schon da?" Und eine tiefe Stimme 25
rief: „Nur herein, Peter! Dein Platz ist dir aufbehalten,
wir sind schon da und bei den Karten." So trat Peter
Munk in die Wirtsstube, fuhr gleich in die Tasche und

merkte, daß Ezechiel gut versehen sein müsse, denn seine
Tasche war bis oben angefüllt.

Er setzte sich hinter den Tisch zu den andern und spielte
und gewann und verlor hin und her, und so spielten sie, bis
5 andere ehrliche Leute, als es Abend wurde, nach Hause gin=
gen, und spielten bei Licht, bis zwei andere Spieler sagten:
„Jetzt ist's genug, und wir müssen heim zu Frau und Kind."
Aber Spielpeter forderte den dicken Ezechiel auf, zu bleiben.
Dieser wollte lange nicht, endlich aber rief er: „Gut, jetzt
10 will ich mein Geld zählen, und dann wollen wir knöcheln,
den Satz um fünf Gulden, denn niederer ist es doch nur
Kinderspiel." Er zog den Beutel und zählte, und fand
hundert Gulden bar, und Spielpeter wußte nun, wie viel
er selbst habe, und brauchte es nicht erst zu zählen. Aber
15 hatte Ezechiel vorher gewonnen, so verlor er jetzt Satz für
Satz und fluchte greulich dabei. Warf er einen Pasch,
gleich warf Spielpeter auch einen, und immer zwei Augen
höher. Da setzte er endlich die letzten fünf Gulden auf den
Tisch und rief: „Noch einmal, und wenn ich auch den noch
20 verliere, so höre ich doch nicht auf, dann leihst du mir von
deinem Gewinn, Peter, ein ehrlicher Kerl hilft dem andern!"

„So viel du willst und wenn es hundert Gulden sein soll=
ten," sprach der Tanzkaiser, fröhlich über seinen Gewinn,
und der dicke Ezechiel schüttelte die Würfel und warf fünf=
25 zehn. „Pasch!" rief er, „jetzt wollen wir sehen!" Peter
aber warf achtzehn, und eine heisere bekannte Stimme
hinter ihm sprach: „So, das war der l e t z t e."

Er sah sich um, und riesengroß stand der Holländer

Michel hinter ihm. Erschrocken ließ er das Geld fallen, das er schon eingezogen hatte. Aber der dicke Ezechiel sah den Waldmann nicht, sondern verlangte, der Spielpeter solle ihm zehn Gulden vorstrecken zum Spiel. Halb im Traum fuhr dieser mit der Hand in die Tasche, aber da war kein Geld, er suchte in der andern Tasche, aber auch da fand sich nichts, er kehrte den Rock um, aber es fiel kein roter Heller heraus, und jetzt erst gedachte er seines eigenen ersten Wunsches, immer so viel Geld zu haben als der dicke Ezechiel. Wie Rauch war alles verschwunden.

Der Wirt und Ezechiel sahen ihn staunend an, als er immer suchte und sein Geld nicht finden konnte; sie wollten ihm nicht glauben, daß er keines mehr habe; aber als sie endlich selbst in seinen Taschen suchten, wurden sie zornig und schwuren, der Spielpeter sei ein böser Zauberer und habe all das gewonnene Geld und sein eigenes nach Hause gewünscht. Peter verteidigte sich standhaft, aber der Schein war gegen ihn. Ezechiel sagte, er wolle die schreckliche Geschichte allen Leuten im Schwarzwald erzählen, und der Wirt versprach ihm, morgen mit dem frühsten in die Stadt zu gehen und Peter Munk als Zauberer anzuklagen und er wolle es erleben, setzte er hinzu, daß man ihn verbrenne. Dann fielen sie wütend über ihn her, rissen ihm das Wams vom Leib und warfen ihn zur Türe hinaus.

Kein Stern schien am Himmel, als Peter trübselig seiner Wohnung zuschlich, aber dennoch konnte er eine dunkle Gestalt erkennen, die neben ihm herschritt und endlich sprach: „Mit dir ist's aus, Peter Munk, all deine Herrlichkeit ist

zu Ende, und das hätt' ich dir schon damals sagen können,
als du nichts von mir hören wolltest und zu dem dummen
Glaszwerg liefst. Da siehst du jetzt, was man davon hat,
wenn man meinen Rat verachtet. Aber versuch' es ein-
5 mal mit mir, ich habe Mitleiden mit deinem Schicksal.
Noch keinen hat es gereut, der sich an mich wandte und
wenn du den Weg nicht scheust, morgen den ganzen Tag
bin ich am Tannenbühl zu sprechen, wenn du mich rufst."
Peter merkte wohl, wer so zu ihm spreche, aber es kam ihm
10 ein Grauen an. Er antwortete nichts, sondern lief seinem
Haus zu.

Als Peter am Montagmorgen in seine Glashütte ging,
da waren nicht nur seine Arbeiter da, sondern auch andere
Leute, die man nicht gerne sieht, nämlich der Amtmann
15 und drei Gerichtsdiener. Der Amtmann wünschte Petern
einen guten Morgen, fragte, wie er geschlafen, und zog dann
ein langes Register heraus, und darauf waren Peters
Gläubiger verzeichnet. „Könnt Ihr zahlen oder nicht?"
fragte der Amtmann mit strengem Blick. „Und macht es
20 nur kurz, denn ich habe nicht viel Zeit zu versäumen, und
in den Turm ist es drei gute Stunden." Da verzagte
Peter, gestand, daß er nichts mehr habe, und überließ es
dem Amtmann, Haus und Hof, Hütte und Stall, Wagen
und Pferde zu schätzen; und als die Gerichtsdiener und der
25 Amtmann umhergingen und prüften und schätzten, dachte
er, bis zum Tannenbühl ist's nicht weit, hat mir der Kleine
nicht geholfen, so will ich es einmal mit dem Großen
versuchen. Er lief dem Tannenbühl zu, so schnell, als ob

die Gerichtsdiener ihm auf den Fersen wären; es war
ihm, als er an dem Platz vorbeirannte, wo er das Glas=
männlein zuerst gesprochen, als halte ihn eine unsichtbare
Hand auf, aber er riß sich los und lief weiter, bis an die
Grenze, die er sich früher wohl gemerkt hatte und kaum 5
hatte er, beinahe atemlos: „Holländer Michel! Herr Hol=
länder Michel!" gerufen, als auch schon der riesengroße
Flößer mit seiner Stange vor ihm stand.

„Kommst du?" sprach dieser lachend.   „Haben sie dir
die Haut abziehen und deinen Gläubigern verkaufen wollen? 10
Nu, sei ruhig; dein ganzer Jammer kommt, wie gesagt,
von dem kleinen Glasmännlein, von dem Separatisten und
Frömmler her.   Wenn man schenkt, muß man gleich recht
schenken, und nicht wie dieser Knauser.   Doch komm,"
fuhr er fort und wandte sich gegen den Wald, „folge mir in 15
mein Haus, dort wollen wir sehen, ob wir handelseinig
werden."

„Handelseinig?" dachte Peter.   „Was kann er denn von
mir verlangen, was kann ich an ihn verhandeln?   Soll ich
ihm etwa dienen, oder was will er?"   Sie gingen zuerst 20
über einen steilen Waldsteig hinan und standen dann mit
einem Male an einer dunkeln, tiefen, abschüssigen Schlucht;
Holländer Michel sprang den Felsen hinab, wie wenn es
eine sanfte Marmortreppe wäre; aber bald wäre Peter in
Ohnmacht gesunken, denn als jener unten angekommen 25
war, machte er sich so groß wie ein Kirchturm und reichte
ihm einen Arm, so lang als ein Weberbaum, und eine Hand
daran, so breit als der Tisch im Wirtshaus, und rief mit

einer Stimme, die heraufschallte wie eine tiefe Totenglocke:
„Setz dich nur auf meine Hand und halte dich an den Fin=
gern, so wirst du nicht fallen." Peter tat zitternd, wie
jener befohlen, nahm Platz auf der Hand und hielt sich am
5 Daumen des Riesen.

Es ging weit und tief hinab, aber dennoch ward es zu
Peters Verwunderung nicht dunkler; im Gegenteil, die
Tageshelle schien sogar zuzunehmen in der Schlucht, aber
er konnte sie lange in den Augen nicht ertragen. Der Hol=
10 länder Michel hatte sich, je weiter Peter herabkam, wieder
kleiner gemacht, und stand nun in seiner früheren Gestalt
vor einem Haus, so gering oder gut, als es reiche Bauern
auf dem Schwarzwald haben. Die Stube, worein Peter
geführt wurde, unterschied sich durch nichts von den Stuben
15 anderer Leute als dadurch, daß sie einsam schien.

Die hölzerne Wanduhr, der ungeheure Kachelofen, die
breiten Bänke, die Gerätschaften auf den Gesimsen waren
hier wie überall. Michel wies ihm einen Platz hinter dem
großen Tisch an, ging dann hinaus und kam bald mit einem
20 Krug Wein und Gläsern wieder. Er goß ein, und nun
schwatzten sie, und Holländer Michel erzählte von den Freu=
den der Welt, von fremden Ländern, schönen Städten und
Flüssen, daß Peter, am Ende große Sehnsucht danach be=
kommend, dies auch offen dem Holländer sagte.

25 „Wenn du im ganzen Körper Mut und Kraft, etwas zu
unternehmen, hattest, da konnten ein paar Schläge des
dummen Herzens dich zittern machen; und dann die Krän=
kungen der Ehre, das Unglück, wozu soll sich ein vernünfti=

ger Kerl um dergleichen bekümmern? Hast du's im Kopf empfunden, als dich letzthin einer einen Betrüger und schlechten Kerl nannte? Hat es dir im Magen wehe getan, als der Amtmann kam, dich aus dem Hause zu werfen? Was, sag' an, was hat dir wehe getan?"   5

„Mein Herz," sprach Peter, indem er die Hand auf die pochende Brust preßte; denn es war ihm, als ob sein Herz sich ängstlich hin und her wendete.

„Du hast, nimm mir es nicht übel, du hast viele hundert Gulden an schlechte Bettler und anderes Gesindel wegge- 10 worfen; was hat es dir genützt? Sie haben dir dafür Segen und einen gesunden Leib gewünscht; ja bist du deswegen gesünder geworden? Um die Hälfte des verschleuderten Geldes hättest du einen Arzt gehalten. Segen, ja ein schöner Segen, wenn man ausgepfändet und ausgestoßen wird! Und 15 was war es, das dich getrieben, in die Tasche zu fahren, so oft ein Bettelmann seinen zerlumpten Hut hinstreckte? — Dein Herz, auch wieder dein Herz, und weder deine Augen, noch deine Zunge, deine Arme, noch deine Beine, sondern dein Herz; du hast dir es, wie man richtig sagt, zu sehr 20 zu Herzen genommen."

„Aber wie kann man sich denn angewöhnen, daß es nicht mehr so ist? Ich gebe mir jetzt alle Mühe, es zu unterdrücken, und dennoch pocht mein Herz und tut mir wehe."   25

„Du freilich," rief jener mit Lachen, „du armer Schelm, kannst nichts dagegen tun; aber gib mir das dumme pochende Ding, und du wirst sehen, wie gut du es dann hast."

„Euch, mein Herz?" schrie Peter mit Entsetzen. „Da müßte ich ja sterben auf der Stelle! Nimmermehr!"

„Ja, wenn dir einer eurer Herren Chirurgen das Herz aus dem Leib operieren wollte, da müßtest du wohl sterben; bei mir ist dies ein anderes Ding; doch komm herein und überzeuge dich selbst." Er stand bei diesen Worten auf, öffnete eine Kammertüre und führte Peter hinein. Sein

Herz zog sich krampfhaft zusammen, als er über die Schwelle trat, aber er achtete es nicht, denn der Anblick, der sich ihm bot, war sonderbar und überraschend. Auf mehreren Gesimsen von Holz standen Gläser mit durchsichtiger Flüssigkeit gefüllt, und in jedem dieser Gläser lag ein Herz, auch waren an den Gläsern Zettel angeklebt und Namen darauf geschrieben, die Peter neugierig las; da war das Herz des Amtmanns in F., das Herz des dicken Ezechiel, das Herz des Tanzbodenkönigs, das Herz des Oberförsters; da waren

sechs Herzen von Kornwucherern, acht von Werboffizieren,
drei von Geldmäklern — kurz, es war eine Sammlung
der angesehensten Herzen in der Umgegend von zwanzig
Stunden.

„Schau!" sprach Holländer Michel, „diese alle haben des 5
Lebens Ängsten und Sorgen weggeworfen; keines dieser Her=
zen schlägt mehr ängstlich und besorgt, und ihre ehemaligen
Besitzer befinden sich wohl dabei, daß sie den unruhigen
Gast aus dem Hause haben."

„Aber was tragen sie denn jetzt dafür in der Brust?" 10
fragte Peter, den dies alles, was er gesehen, beinahe schwin=
deln machte.

„Dies," antwortete jener und reichte ihm aus einem
Schubfach — ein steinernes Herz.

„So?" erwiderte er und konnte sich eines Schauers, der 15
ihm über die Haut ging, nicht erwehren. „Ein Herz von
Marmelstein? Aber, horch' einmal, Herr Holländer
Michel, das muß doch gar kalt sein in der Brust."

„Freilich, aber ganz angenehm kühl. Warum soll denn
ein Herz warm sein? Im Winter nützt dir die Wärme 20
nichts, da hilft ein guter Kirschgeist mehr als ein warmes
Herz, und im Sommer, wenn alles schwül und heiß ist, —
du glaubst nicht, wie dann ein solches Herz abkühlt. Und
wie gesagt, weder Angst noch Schrecken, weder törichtes
Mitleiden noch anderer Jammer pocht an solch ein Herz." 25

„Und das ist alles, was Ihr mir geben könnet?" fragte
Peter unmutig, „ich hoff' auf Geld, und Ihr wollet mir
einen Stein geben!"

„Nu, ich denke, an hunderttausend Gulden hätteſt du fürs
erſte genug.   Wenn du es geſchickt umtreibſt, kannſt du
bald ein Millionär werden.“

„Hunderttauſend?“ rief der arme Köhler freudig. „Nun,
5 ſo poche doch nicht ſo ungeſtüm in meiner Bruſt, wir werden
bald fertig ſein miteinander.   Gut, Michel; gebt mir den
Stein und das Geld, und die Unruh’ könnet Ihr aus dem
Gehäuſe nehmen.“

„Ich dachte es doch, daß du ein vernünftiger Burſche
10 ſeieſt,“ antwortete der Holländer freundlich lächelnd; „komm,
laß uns noch eins trinken, und dann will ich das Geld aus=
zahlen.“

So ſetzten ſie ſich wieder in die Stube zum Wein, tranken
und tranken wieder, bis Peter in einen tiefen Schlaf verfiel.

15   Kohlenmunkpeter erwachte beim fröhlichen Schmettern
eines Poſthorns, und ſiehe ba, er ſaß in einem ſchönen Wa=
gen, fuhr auf einer breiten Straße dahin, und als er ſich
aus dem Wagen bog, ſah er in blauer Ferne hinter ſich den
Schwarzwald liegen.   Anfänglich wollte er gar nicht glau=
20 ben, daß er es ſelbſt ſei, der in dieſem Wagen ſitze.   Denn
auch ſeine Kleider waren gar nicht mehr dieſelben, die er
geſtern getragen, aber er erinnerte ſich doch an alles ſo deut=
lich, daß er endlich ſein Nachſinnen aufgab und rief: „Der
Kohlenmunkpeter bin ich, das iſt ausgemacht, und kein
25 anderer.“

Er wunderte ſich über ſich ſelbſt, daß er gar nicht weh=
mütig werden konnte, als er jetzt zum erſtenmal aus der
ſtillen Heimat, aus den Wäldern, wo er ſo lange gelebt,

auszog. Selbst nicht, als er an seine Mutter dachte, die jetzt wohl hilflos und im Elend saß, konnte er eine Träne aus dem Auge pressen oder nur seufzen; denn es war ihm alles so gleichgültig. „Ach freilich," sagte er dann, „Tränen und Seufzer, Heimweh und Wehmut kommen ja aus dem Herzen, und dank dem Holländer Michel — das meine ist kalt und von Stein."

Er legte seine Hand auf die Brust, und es war ganz ruhig dort und rührte sich nichts. „Wenn er mit den Hunderttausenden so gut Wort hielt wie mit dem Herzen, so soll es mich freuen," sprach er und fing an, seinen Wagen zu untersuchen. Er fand Kleidungsstücke von aller Art, wie er sie nur wünschen konnte, aber kein Geld. Endlich stieß er auf eine Tasche und fand viele tausend Taler in Gold und Scheinen auf Handlungshäuser in allen großen Städten. „Jetzt hab' ich's, wie ich's wollte," dachte er, setzte sich bequem in die Ecke des Wagens und fuhr in die weite Welt.

Er fuhr zwei Jahre in der Welt umher und schaute aus seinem Wagen links und rechts an den Häusern hinauf, schaute, wenn er anhielt, nichts als den Schild seines Wirtshauses an, lief dann in der Stadt umher und ließ sich die schönsten Merkwürdigkeiten zeigen. Aber es freute ihn nichts, kein Bild, kein Haus, keine Musik, kein Tanz, sein Herz von Stein nahm an nichts Anteil, und seine Augen, seine Ohren waren abgestumpft für alles Schöne. Nichts war ihm mehr geblieben als die Freude an Essen und Trinken und der Schlaf, und so lebte er, indem er ohne Zweck durch die Welt reiste, zu seiner Unterhaltung speiste und

aus Langeweile schlief. Hie und da erinnerte er sich zwar,
daß er fröhlicher, glücklicher gewesen sei, als er noch arm
war und arbeiten mußte, um sein Leben zu fristen. Da
hatte ihn jede schöne Aussicht ins Tal, Musik und Gesang
5 hatten ihn ergötzt, da hatte er sich stundenlang auf die ein-
fache Kost, die ihm die Mutter zu dem Meiler bringen sollte,
gefreut. Wenn er so über die Vergangenheit nachdachte,
so kam es ihm ganz sonderbar vor, daß er jetzt nicht einmal
lachen konnte, und sonst hatte er über den kleinsten Scherz
10 gelacht. Wenn andere lachten, so verzog er nur aus Höf-
lichkeit den Mund, aber sein Herz — lächelte nicht mit. Er
fühlte dann, daß er zwar überaus ruhig sei, aber zufrieden
fühlte er sich doch nicht. Es war nicht Heimweh oder Wehmut, sondern Öde, Überdruß, freudenloses Leben, was ihn
15 endlich wieder zur Heimat trieb.

Als er von Straßburg herüberfuhr und den dunkeln
Wald seiner Heimat erblickte, als er zum erstenmal wieder
jene kräftigen Gestalten, jene freundlichen, treuen Gesichter
der Schwarzwälder sah, als sein Ohr die heimatlichen
20 Klänge, stark, tief, aber wohltönend vernahm, da fühlte er
schnell an sein Herz, denn sein Blut wallte stärker, und er
glaubte, er müsse sich freuen und müsse weinen zugleich,
aber — wie konnte er nur so töricht sein, er hatte ja ein
Herz von Stein. Und Steine sind tot und lächeln und
25 weinen nicht.

Sein erster Gang war zum Holländer Michel, der ihn
mit alter Freundlichkeit aufnahm. „Michel," sagte er zu
ihm, „gereist bin ich nun und habe alles gesehen, ist aber

alles dummes Zeug, und ich hatte nur Langeweile. Über-
haupt, Euer steinernes Ding, das ich in der Brust trage,
schützt mich zwar vor manchem. Ich erzürne mich nie, bin
nie traurig, aber ich freue mich auch nie, und es ist mir, als
wenn ich nur halb lebte. Könnet Ihr das Steinherz nicht
ein wenig beweglicher machen? Oder — gebt mir lieber
mein altes Herz. Ich hatte mich in fünfundzwanzig
Jahren daran gewöhnt, und wenn es zuweilen auch einen
dummen Streich machte, so war es doch munter und ein
fröhliches Herz."

Der Waldgeist lachte grimmig und bitter. „Wenn du
einmal tot bist, Peter Munk," antwortete er, „dann soll es
dir nicht fehlen; dann sollst du dein weiches, rührbares Herz
wieder haben, und du kannst dann fühlen, was kommt,
Freud' oder Leid. Aber hier oben kann es nicht mehr dein
werden! Doch, Peter! gereist bist du wohl, aber so wie du
lebtest, konnte es dir nichts nützen. Setze dich jetzt hier
irgendwo im Wald, bau' ein Haus, heirate, treibe dein
Vermögen um, es hat dir nur an Arbeit gefehlt; weil du
müßig warest, hattest du Langeweile, und schiebst jetzt alles
auf dieses unschuldige Herz." Peter sah ein, daß Michel
recht habe, was den Müßiggang beträfe, und nahm sich vor,
reich und immer reicher zu werden. Michel schenkte ihm
noch einmal hunderttausend Gulden und entließ ihn als
seinen guten Freund.

Bald vernahm man im Schwarzwald die Märe, der
Kohlenmunkpeter oder Spielpeter sei wieder da und noch
viel reicher, als zuvor. Es ging auch jetzt wie immer; als

er am Bettelstab war, wurde er in der Sonne zur Türe
hinausgeworfen, und als er nun an einem Sonntagnach=
mittag seinen ersten Einzug dort hielt, schüttelten sie ihm
die Hand, lobten sein Pferd, fragten nach seiner Reise, und
5 als er wieder mit dem dicken Ezechiel um harte Taler spielte,
stand er in der Achtung so hoch als je. Er trieb jetzt aber
nicht mehr das Glashandwerk, sondern den Holzhandel,
aber nur zum Schein. Sein Hauptgeschäft war mit
Korn und Geld zu handeln. Der halbe Schwarzwald
10 wurde ihm nach und nach schuldig, aber er lieh Geld nur
auf zehn Prozent aus oder verkaufte Korn an die Armen,
die nicht gleich zahlen konnten, um den dreifachen Wert.
Mit dem Amtmann stand er jetzt in enger Freundschaft,
und wenn einer Herrn Peter Munk nicht auf den Tag be=
15 zahlte, so ritt der Amtmann mit seinen Schergen hinaus,
schätzte Haus und Hof, verkaufte es flugs und trieb Vater,
Mutter und Kind in den Wald. Anfangs machte dies
dem reichen Peter einige Unlust, denn die armen Ausge=
pfändeten belagerten dann haufenweise seine Türe, die Män=
20 ner flehten um Nachsicht, die Weiber suchten das steinerne
Herz zu erweichen, und die Kinder winselten um ein Stück=
lein Brot. Aber als er sich ein paar tüchtige Fleischer=
hunde angeschafft hatte, hörte diese Katzenmusik, wie er es
nannte, bald auf. Er pfiff und hetzte, und die Bettelleute
25 flogen schreiend auseinander. Am meisten Beschwerde
machte ihm das „alte Weib." Das war aber niemand
anderes als Frau Munkin, Peters Mutter. Sie war in
Not und Elend geraten, als man ihr Haus und Hof ver=

kauft hatte, und ihr Sohn, als er reich zurückgekehrt war,
hatte nicht mehr nach ihr umgesehen. Da kam sie nun zu=
weilen, alt, schwach und gebrechlich an einem Stock vor das
Haus. Hinein wagte sie sich nicht mehr, denn er hatte sie
einmal weggejagt; aber es tat ihr wehe, von den Guttaten 5
anderer Menschen leben zu müssen, da der eigene Sohn ihr
ein sorgloses Alter hätte bereiten können. Aber das kalte
Herz wurde nimmer gerührt von dem Anblicke der bleichen
wohlbekannten Züge, von den bittenden Blicken, von der
welken, ausgestreckten Hand, von der hinfälligen Gestalt. 10
Mürrisch zog er, wenn sie Sonnabends an die Türe pochte,
einen Sechsbätzner hervor, schlug ihn in ein Papier und ließ
ihn hinausreichen durch einen Knecht. Er vernahm ihre
zitternde Stimme, wenn sie dankte und ihm wünschte, es
möge ihm wohlgehen auf Erden; er hörte sie hüstelnd von der 15
Türe schleichen, aber er dachte weiter nicht mehr daran, als
daß er wieder sechs Batzen umsonst ausgegeben.

Endlich kam Peter auf den Gedanken zu heiraten. Er
wußte, daß im ganzen Schwarzwald jeder Vater ihm gerne
seine Tochter geben werde; aber er war schwierig in seiner 20
Wahl, denn er wollte, daß man auch hierin sein Glück und
seinen Verstand preisen sollte; daher ritt er umher im ganzen
Wald, schaute hier, schaute dort, und keine der schönen
Schwarzwälderinnen deuchte ihm schön genug. Endlich,
nachdem er auf allen Tanzböden umsonst nach der Schönsten 25
ausgeschaut hatte, hörte er eines Tages, die Schönste und
Tugendsamste im ganzen Wald sei eines armen Holzhauers
Tochter. Sie lebe still und für sich, besorge geschickt und

emfig ihres Vaters Haus und laſſe ſich nie auf dem Tanz=
boden ſehen, nicht einmal zu Pfingſten oder Kirchweih.
Als Peter von dieſem Wunder des Schwarzwalds hörte,
beſchloß er, um ſie zu werben, und ritt nach der Hütte, die
5 man ihm bezeichnet hatte. Der Vater der ſchönen Lisbeth
empfing den vornehmen Herrn mit Staunen und er=
ſtaunte noch mehr, als er hörte, es ſei dies der reiche Herr
Peter und er wolle ſein Schwiegerſohn werden. Er be=
ſann ſich auch nicht lange, denn er meinte, all ſeine Sorge
10 und Armut werde nun ein Ende haben, ſagte zu, ohne die
ſchöne Lisbeth zu fragen, und das gute Kind war ſo folgſam,
daß ſie ohne Widerrede Frau Peter Munkin wurde.

Aber es wurde der Armen nicht ſo gut, als ſie ſich ge=
träumt hatte. Sie glaubte ihr Hauswesen wohl zu ver=
15 ſtehen, aber ſie konnte Herrn Peter nichts zu Dank machen,
ſie hatte Mitleiden mit armen Leuten, und da ihr Eheherr
reich war, dachte ſie, es ſei keine Sünde, einem armen Bet=
telweib einen Pfennig oder einem alten Mann einen Schnaps
zu reichen; aber als Herr Peter dies eines Tages merkte,
20 ſprach er mit zürnenden Blicken und rauher Stimme:
„Warum verſchleuderſt du mein Vermögen an Lumpen und
Straßenläufer? Haſt du was mitgebracht ins Haus, das
du wegſchenken könnteſt? Mit deines Vaters Bettelſtab
kann man keine Suppe wärmen, und wirfſt das Geld aus,
25 wie eine Fürſtin. Noch einmal laß dich betreten, ſo ſollſt
du meine Hand fühlen!“ Die ſchöne Lisbeth weinte in
ihrer Kammer über den harten Sinn ihres Mannes, und
ſie wünſchte oft, lieber daheim zu ſein in ihres Vaters ärm-

licher Hütte, als bei dem reichen, aber geizigen, hartherzigen
Peter zu hausen.   Ach, hätte sie gewußt, daß er ein Herz
von Marmor habe und weder sie noch irgend einen Menschen
lieben könne, so hätte sie sich wohl nicht gewundert.   So
oft sie aber jetzt unter der Türe saß, und es ging ein Bettel- 5
mann vorüber und zog den Hut und hub an seinen Spruch,
so drückte sie die Augen zu, das Elend nicht zu schauen, sie
ballte die Hand fester, damit sie nicht unwillkürlich in die
Tasche fahre, ein Kreuzerlein herauszulangen.   So kam es,
daß die schöne Lisbeth im ganzen Wald verschrien wurde, 10
und es hieß, sie sei noch geiziger als Peter Munk.   Aber
eines Tages saß Frau Lisbeth wieder vor dem Haus und
spann und murmelte ein Liedchen dazu, denn sie war munter, weil es schön Wetter und Herr Peter ausgeritten war
über Feld.   Da kommt ein altes Männlein des Weges 15
daher, das trägt einen großen, schweren Sack, und sie hörte
es schon von weitem keuchen.   Teilnehmend sieht ihm Frau
Lisbeth zu und denkt, einem so alten kleinen Manne sollte
man nicht mehr so schwer aufladen.

Indes keucht und wankt das Männlein heran, und als 20
es gegenüber von Frau Lisbeth war, brach es unter dem
Sacke beinahe zusammen.   „Ach, habt die Barmherzigkeit,
Frau, und reichet mir nur einen Trunk Wasser," sprach das
Männlein; „ich kann nicht weiter, muß elend verschmachten."

„Aber Ihr solltet in Eurem Alter nicht mehr so schwer 25
tragen," sagte Frau Lisbeth.

„Ja, wenn ich nicht Boten gehen müßte, der Armut hal-
ber und um mein Leben zu fristen," antwortete er; „ach, so

eine reiche Frau, wie Ihr, weiß nicht, wie wehe Armut tut,
und wie wohl ein frischer Trunk bei solcher Hitze."

Als sie dies hörte, eilte sie ins Haus, nahm einen Krug
vom Gesims und füllte ihn mit Wasser; doch als sie zurück-
5 kehrte und nur noch wenige Schritte von ihm war, und das
Männlein sah, wie es so elend und verkümmert auf dem
Sack saß, da fühlte sie inniges Mitleid, bedachte, daß ja ihr
Mann nicht zu Hause sei, und so stellte sie den Wasserkrug
beiseite, nahm einen Becher und füllte ihn mit Wein, legte
10 ein gutes Roggenbrot darauf und brachte es dem Alten.
„So, und ein Schluck Wein mag Euch besser frommen als
Wasser, da Ihr schon so gar alt seid," sprach sie; „aber trinket
nicht so hastig und esset auch Brot dazu."

Das Männlein sah sie staunend an, bis große Tränen
15 in seinen alten Augen standen, es trank und sprach dann:
„Ich bin alt geworden, aber ich hab' wenige Menschen gesehen, die so mitleidig wären, und ihre Gaben so schön und
herzig zu spenden wußten wie Ihr, Frau Lisbeth.   Aber es
wird Euch dafür auch recht wohl gehen auf Erden; solch ein
20 Herz bleibt nicht unbelohnt.

„Nein, und den Lohn soll sie zur Stelle haben," schrie
eine schreckliche Stimme, und als sie sich umsahen, war es
Herr Peter mit blutrotem Gesicht.

„Und sogar meinen Ehrenwein gießest du aus an Bettel-
25 leute, und meinen Mundbecher gibst du an die Lippen der
Straßenläufer? Da nimm deinen Lohn!" Frau Lisbeth
stürzte zu seinen Füßen und bat um Verzeihung, aber das
steinerne Herz kannte kein Mitleid, er drehte die Peitsche

um, die er in der Hand hielt, und schlug sie mit dem Hand-
griff von Ebenholz so heftig vor die schöne Stirne, daß sie
leblos dem alten Mann in die Arme sank.   Als er dies sah,
war es doch, als reute ihn die Tat auf der Stelle; er bückte
5 sich herab, zu schauen, ob noch Leben in ihr sei aber das
Männlein sprach mit wohlbekannter Stimme: „Gib dir
keine Mühe, Kohlenpeter; es war die schönste und lieblichste
Blume im Schwarzwald, aber du hast sie zertreten und
nie mehr wird sie wieder blühen."

10   Da wich alles Blut aus Peters Wangen, und er sprach:
„Also Ihr seid es, Herr Schatzhauser?   Nun, was geschehen
ist, ist geschehen, und es hat wohl so kommen müssen.   Ich
hoffe aber, Ihr werdet mich nicht bei dem Gericht anzeigen
als Mörder.

15   „Elender!" erwiderte das Glasmännlein.   „Was würde
es mir frommen, wenn ich deine sterbliche Hülle an den Gal-
gen brächte?   Nicht irdische Gerichte sind es, die du zu fürch-
ten hast, sondern andere und strengere; denn du hast deine
Seele an den Bösen verkauft."

20   „Und hab' ich mein Herz verkauft," schrie Peter, „so ist
niemand daran schuld, als du und deine betrügerischen
Schätze; du tückischer Geist hast mich ins Verderben geführt,
mich getrieben, daß ich bei einem andern Hilfe suchte, und
auf dir liegt die ganze Verantwortung."   Aber kaum hatte
25 er dies gesagt, so wuchs und schwoll das Glasmännlein und
wurde hoch und breit, und seine Augen sollen so groß gewesen sein, wie Suppenteller, und sein Mund war wie ein
geheizter Backofen und Flammen blitzten daraus hervor.

Peter warf sich auf die Knie, und sein steinernes Herz
schützte ihn nicht, daß nicht seine Glieder zitterten, wie eine
Espe. Mit Geierskrallen packte ihn der Waldgeist im
Nacken, drehte ihn um, wie ein Wirbelwind dürres Laub,
und warf ihn dann zu Boden, daß ihm alle Rippen knack= 5
ten. „Erdenwurm!" rief er mit einer Stimme, die wie
der Donner rollte; „ich könnte dich zerschmettern, wenn ich
wollte, denn du hast gegen den Herrn des Waldes gefrevelt.
Aber um dieses toten Weibes willen, die mich gespeist und
getränkt hat, gebe ich dir acht Tage Frist. Bekehrst du dich 10
nicht zum Guten, so komme ich und zermalme dein Gebein,
und du fährst hin in deinen Sünden."

Es war schon Abend, als einige Männer, die vorbei=
gingen, den reichen Peter Munk an der Erde liegen sahen.
Sie wandten ihn hin und her und suchten, ob noch Atem in 15
ihm sei, aber lange war ihr Suchen vergebens. Endlich
ging einer in das Haus und brachte Wasser herbei und be=
sprengte ihn. Da holte Peter tief Atem, stöhnte und schlug
die Augen auf, schaute lange um sich her und fragte dann
nach Frau Lisbeth, aber keiner hatte sie gesehen. Er dankte 20
den Männern für ihre Hilfe, schlich sich in sein Haus und
suchte überall, aber Frau Lisbeth war weder im Keller noch
auf dem Boden, und das, was er für einen schrecklichen
Traum gehalten, war bittere Wahrheit. Wie er nun so
ganz allein war, da kamen ihm sonderbare Gedanken; er 25
fürchtete sich vor nichts, denn sein Herz war ja kalt; aber
wenn er an den Tod seiner Frau dachte, kam ihm sein
eigenes Hinscheiden in den Sinn, und wie belastet er dahin

fahren werde, schwer belastet mit Tränen der Armen, mit
Tausenden ihrer Flüche, die sein Herz nicht erweichen konnten,
mit dem Jammer der Elenden, auf die er seinen Hund ge=
hetzt, belastet mit der stillen Verzweiflung seiner Mutter,
5 mit dem Blute der schönen, guten Lisbeth; und konnte er
doch nicht einmal dem alten Mann, ihrem Vater, Rechen=
schaft geben, wenn er käme und fragte: „Wo ist meine Toch=
ter, dein Weib?" wie wollte er einem andern Frage stehen,
dem alle Wälder, alle Seen, alle Berge gehören und die
10 Leben der Menschen?

Es quälte ihn auch nachts im Traume, und alle Augen=
blicke wachte er auf an einer süßen Stimme, die ihm zurief:
„Peter, schaff dir ein wärmeres Herz!" Und wenn er er=
wacht war, schloß er doch schnell wieder die Augen, denn der
15 Stimme nach mußte es Frau Lisbeth sein, die ihm diese
Warnung zurief. Den andern Tag ging er ins Wirtshaus,
um seine Gedanken zu zerstreuen, und dort traf er den dicken
Ezechiel. Er setzte sich zu ihm, sie sprachen dies und jenes,
vom schönen Wetter, vom Krieg, von den Steuern und
20 endlich auch vom Tod, und wie da und dort einer so schnell
gestorben sei. Da fragte Peter den Dicken, was er denn
vom Tod halte, und wie es nachher sein werde. Ezechiel
antwortete ihm, daß man den Leib begrabe, die Seele aber
fahre entweder auf zum Himmel oder hinab in die Hölle.

25 „Also begräbt man das Herz auch?" fragte der Peter ge=
spannt.

„Ei freilich, das wird auch begraben."

„Wenn aber einer sein Herz nicht mehr hat?" fuhr Peter
fort.

Ezechiel sah ihn bei diesen Worten schrecklich an. „Was willst du damit sagen? Willst du mich foppen? Meinst du, ich habe kein Herz?"

„O, Herz genug, so fest wie Stein," erwiderte Peter.

Ezechiel sah ihn verwundert an, schaute sich um, ob es 5 niemand gehört habe, und sprach dann: „Woher weißt du es? Oder pocht vielleicht das deinige auch nicht mehr?"

„Pocht nicht mehr, wenigstens nicht hier in meiner Brust!" antwortete Peter Munk. „Aber sag' mir, da du jetzt weißt, was ich meine, wie wird es gehen mit u n s e r e n Her= 10 zen?"

„Was kümmert dich dies, Gesell?" fragte Ezechiel la= chend. „Hast ja auf Erden vollauf zu leben und damit ge= nug. Das ist ja gerade das Bequeme in unsern kalten Herzen, daß uns keine Furcht befällt vor solchen Gedanken." 15

„Wohl wahr, aber man denkt doch daran, und wenn ich auch jetzt keine Furcht mehr kenne, so weiß ich doch wohl noch, wie sehr ich mich vor der Hölle gefürchtet, als ich noch ein kleiner unschuldiger Knabe war."

„Nun — gut wird es uns gerade nicht gehen," sagte 20 Ezechiel. „Hab' mal einen Schulmeister darüber gefragt, der sagte mir, daß nach dem Tode die Herzen gewogen würden, wie schwer sie sich versündigt hätten. Die leichten steigen auf, die schweren sinken hinab, und ich denke, unsere Steine werden ein gutes Gewicht haben." 25

„Ach freilich," erwiderte Peter, „und es ist mir oft selbst unbequem, daß mein Herz so teilnahmlos und ganz gleich= gültig ist, wenn ich an solche Dinge denke."

So sprachen sie; aber in der nächsten Nacht hörte er fünf=
oder sechsmal die bekannte Stimme in sein Ohr lispeln:
„Peter, schaff' dir ein wärmeres Herz!" Er empfand keine
Reue, daß er sie getötet, aber wenn er dem Gesinde sagte,
5 seine Frau sei verreist, so dachte er immer dabei: „Wohin
mag sie wohl gereist sein?" Sechs Tage hatte er es so
getrieben, und immer hörte er nachts diese Stimme, und
immer dachte er an den Waldgeist und seine schreckliche Droh=
ung; aber am siebenten Morgen sprang er auf von seinem
10 Lager und rief: „Nun ja, will sehen, ob ich mir ein wärmeres
schaffen kann, denn der gleichgültige Stein in meiner Brust
macht mir das Leben nur langweilig und öde." Er zog
schnell seinen Sonntagsrock an und setzte sich auf sein Pferd
und ritt dem Tannenbühl zu.

15 Im Tannenbühl, wo die Bäume dichter standen, saß er
ab, band sein Pferd an und ging schnellen Schrittes dem
Gipfel des Hügels zu, und als er vor der dicken Tanne stand,
hub er seinen Spruch an:

„Schatzhauser im grünen Tannenwald,
20   Bist viele hundert Jahre alt,
        Dein ist all Land, wo Tannen stehn,
        Läßt dich nur Sonntagskindern sehn.

Da kam das Glasmännlein hervor, aber nicht freundlich
und traulich wie sonst, sondern düster und traurig; es hatte
25 ein Röcklein an von schwarzem Glas, und ein langer Trauer=
flor flatterte herab vom Hut, und Peter wußte wohl, um
wen es traure.

„Was willst du von mir, Peter Munk?" fragte es mit dumpfer Stimme.

„Ich hab' noch einen Wunsch, Herr Schatzhauser," antwortete Peter mit niedergeschlagenen Augen.

„Können Steinherzen noch wünschen?" sagte jener. „Du ⁵ hast alles, was du für deinen schlechten Sinn bedarfst, und ich werde schwerlich deinen Wunsch erfüllen."

„Aber Ihr habt mir doch drei Wünsche zugesagt; einen hab' ich immer noch übrig."

„Doch kann ich ihn versagen, wenn er töricht ist" fuhr ¹⁰ der Waldgeist fort; „aber wohlan, ich will hören, was du willst."

„So nehmet mir den toten Stein heraus und gebet mir mein lebendiges Herz," sprach Peter.

„Hab' ich den Handel mit dir gemacht?" fragte das Glas= ¹⁵ männlein. „Bin ich der Holländer Michel, der Reichtum und kalte Herzen schenkt? Dort, bei ihm mußt du dein Herz suchen."

„Ach, er gibt es nimmer zurück," antwortete Peter traurig.

„Du dauerst mich, so schlecht du auch bist," sprach das ²⁰ Männlein nach einigem Nachdenken. „Aber weil dein Wunsch nicht töricht ist, so kann ich dir wenigstens meine Hilfe nicht versagen. So höre, dein Herz kannst du mit keiner Gewalt mehr bekommen, wohl aber durch List, und es wird vielleicht nicht schwer halten; denn Michel bleibt ²⁵ doch nur der dumme Michel, obgleich er sich ungemein klug dünkt. So gehe denn geraden Weges zu ihm hin und tue, wie ich dir heiße." Und nun unterrichtete er ihn in allem

und gab ihm ein Kreuzlein aus reinem Glas: „Am Leben
kann er dir nicht schaden, und er wird dich freilassen, wenn
du ihm dies' vorhalten und dazu beten wirst. Und hast du
dann, was.du verlangt hast, erhalten, so komm wieder zu
5 mir an diesen Ort."

Peter Munk nahm das Kreuzlein, prägte sich alle Worte
ins Gedächtnis und ging weiter nach Holländer Michels
Behausung. Er rief dreimal seinen Namen, und alsobald
stand der Riese vor ihm. „Du hast dein Weib erschlagen?"
10 fragte er ihn mit schrecklichem Lachen. „Hätt' es auch so
gemacht, sie hat dein Vermögen an das Bettelvolk gebracht.
Aber du wirst auf einige Zeit außer Landes gehen müssen',
denn es wird Lärm machen, wenn man sie nicht findet; und
du brauchst wohl Geld und kommst, um es zu holen?"
15 „Du hast's erraten," erwiderte Peter, „und nur recht viel
diesmal, denn nach Amerika ist's weit."

Michel ging voran und brachte ihn in seine Hütte, dort
schloß er eine Truhe auf, worin viel Geld lag, und langte
ganze Rollen Goldes heraus. Während er es so auf den
20 Tisch hinzählte, sprach Peter: „Du bist ein loser Vogel,
Michel, daß du mich belogen hast, ich hätte einen Stein in
der Brust, und du habest mein Herz!"

„Und ist es denn nicht so?" fragte Michel staunend.
„Fühlst du denn dein Herz? Ist es nicht kalt wie Eis?
25 Hast du Furcht oder Gram, kann dich etwas reuen?"

„Du hast mein Herz nur stille stehen lassen, aber ich hab'
es noch wie sonst in meiner Brust, und Ezechiel auch, der
hat es mir gesagt, daß du uns angelogen hast; du bist nicht

der Mann dazu, der einem das Herz so unbemerkt und ohne
Gefahr aus der Brust reißen könnte; da müßtest du zaubern
können."

„Aber ich versichere dich," rief Michel unmutig, „du und
Ezechiel und alle reichen Leute, die es mit mir gehalten, 5
haben solche kalte Herzen wie du, und ihre rechten Herzen
habe ich hier in meiner Kammer."

„Ei, wie dir das Lügen von der Zunge geht!" lachte Peter.
„Das mach' du einem andern weis. Meinst du, ich hab
auf meinen Reisen nicht solche Kunststücke zu Dutzenden 10
gesehen? Aus Wachs nachgeahmt sind deine Herzen hier
in der Kammer. Du bist ein reicher Kerl, das geb' ich zu;
aber zaubern kannst du nicht."

Da ergrimmte der Riese und riß die Kammertüre auf.
„Komm herein und lies die Zettel alle, und jenes dort, 15
schau, das ist Peter Munks Herz; siehst du, wie es zuckt?
Kann man das auch aus Wachs machen?"

„Und doch ist es aus Wachs," antwortete Peter „So
schlägt ein rechtes Herz nicht, ich habe das meinige noch in
der Brust. Nein, zaubern kannst du nicht!"   20

„Aber ich will es dir beweisen!" rief jener ärgerlich. „Du
sollst es selbst fühlen, daß dies dein Herz ist." Er nahm es,
riß Peters Wams auf und nahm einen Stein aus seiner
Brust und zeigte ihn vor. Dann nahm er das Herz, hauchte
es an und setzte es behutsam an seine Stelle, und alsobald 25
fühlte Peter, wie es pochte, und er konnte sich wieder darüber
freuen.

„Wie ist es dir jetzt?" fragte Michel lächelnd.

„Wahrhaftig, du haft doch recht gehabt," antwortete
Peter, indem er behutsam sein Kreuzlein aus der Tasche zog.
„Hätt' ich doch nicht geglaubt, daß man dergleichen tun
könne!"

5   „Nicht wahr? Und zaubern kann ich, das siehst du; aber
komm, jetzt will ich dir den Stein wieder hineinsetzen"

„Gemach, Herr Michel!" rief Peter, trat einen Schritt
zurück und hielt ihm das Kreuzlein entgegen. „Mit Speck
fängt man Mäuse, und diesmal bist du der Betrogene."

10 Und zugleich fing er an zu beten, was ihm nur beifiel.

Da wurde Michel kleiner und immer kleiner, fiel nieder
und wand sich hin und her wie ein Wurm, und ächzte und
stöhnte, und alle Herzen umher fingen an zu zucken und zu
pochen, daß es tönte wie in der Werkstatt eines Uhrmachers.

15 Peter aber fürchtete sich, es wurde ihm ganz unheimlich zumute, er rannte zur Kammer und zum Haus hinaus und
klimmte, von Angst getrieben, die Felsenwand hinan, denn
er hörte, daß Michel sich aufraffte, stampfte und tobte, und
ihm schreckliche Flüche nachschickte. Als er oben war, lief

20 er dem Tannenbühl zu; ein schreckliches Gewitter zog auf,
Blitze fielen links und rechts an ihm nieder und zerschmetter-
ten die Bäume, aber er kam wohlbehalten in dem Revier
des Glasmännleins an.

Sein Herz pochte freudig, und nur darum, weil es pochte.

25 Dann aber sah er mit Entsetzen auf sein Leben zurück wie
auf das Gewitter, das hinter ihm rechts und links den
schönen Wald zersplitterte. Er dachte an Frau Lisbeth,
sein schönes, gutes Weib, das er aus Geiz gemordet, er kam

sich selbst wie der Auswurf der Menschen vor, und er weinte heftig, als er an Glasmännleins Hügel kam.

Schatzhauser saß unter dem Tannenbaum und rauchte aus einer kleinen Pfeife, doch sah er munterer aus als zuvor. „Warum weinst du, Kohlenpeter?" fragte er. „Hast du 5 dein Herz nicht erhalten? Liegt noch das kalte in deiner Brust?"

„Ach Herr!" seufzte Peter. „Als ich noch das kalte Stein= herz trug, da weinte ich nie, meine Augen waren so trocken als das Land im Juli; jetzt aber will es mir beinahe das 10 alte Herz zerbrechen, was ich getan! Meine Schuldner habe ich ins Elend gejagt, auf Arme und Kranke die Hunde gehetzt, und Ihr wißt es ja selbst — wie meine Peitsche auf ihre schöne Stirne fiel!"

„Peter! Du warst ein großer Sünder!" sprach das 15 Männlein. „Das Geld und der Müßiggang haben dich verderbt, bis dein Herz zu Stein wurde, nicht Freud, nicht Leid, keine Reue, kein Mitleid mehr kannte. Aber Reue versöhnt, und wenn ich nur wüßte, daß dir dein Leben recht leid tut, so könnte ich schon noch etwas für dich tun." 20

„Will nichts mehr," antwortete Peter und ließ traurig sein Haupt sinken. „Mit mir ist es aus; kann mich mein Lebtag nicht mehr freuen; was soll ich so allein auf der Welt tun? Meine Mutter verzeiht mir nimmer, was ich ihr ge= tan, und vielleicht hab' ich sie unter den Boden gebracht, ich 25 Ungeheuer! Und Lisbeth, meine Frau! Schlaget mich lieber auch tot, Herr Schatzhauser, dann hat mein elend Leben mit einem Male ein Ende."

„Gut," erwiderte das Männlein, „wenn du nicht anders
willst, so kannst du es haben; meine Art habe ich bei der
Hand." Er nahm ganz ruhig sein Pfeiflein aus dem Mund,
klopfte es aus und steckte es ein. Dann stand er langsam
5 auf und ging hinter die Tannen. Peter aber setzte sich
weinend ins Gras, sein Leben war ihm nichts mehr, und
erwartete geduldig den Todesstreich. Nach einiger Zeit
hörte er leise Tritte hinter sich und dachte: „Jetzt wird er
kommen."

10 „Schau dich doch einmal um, Peter Munk!" rief das
Männlein. Er wischte sich die Tränen aus den Augen und
schaute sich um, und sah — seine Mutter und Lisbeth, seine
Frau, die ihn freundlich anblickten. Da sprang er freudig
auf: „So bist du nicht tot, Lisbeth? Und auch Ihr seid da,
15 Mutter, und habt mir vergeben?"

„Sie wollen dir verzeihen," sprach das Glasmännlein,
„weil du wahre Reue fühlst, und alles soll vergessen sein.
Zieh jetzt heim in deines Vaters Hütte und sei ein Köhler
wie zuvor; bist du brav und bieder, so wirst du dein Hand=
20 werk ehren, und deine Nachbarn werden dich mehr lieben
und achten, als wenn du zehn Tonnen Goldes hättest." So
sprach das Glasmännlein und nahm Abschied von ihnen.

Die drei lobten und segneten es und gingen heim.

Das prachtvolle Haus des reichen Peter stand nicht mehr;
25 der Blitz hatte es angezündet und mit all seinen Schätzen
niedergebrannt; aber nach der väterlichen Hütte war es nicht
weit; dorthin ging jetzt ihr Weg, und der große Verlust be=
kümmerte sie nicht.

Aber wie staunten sie, als sie an die Hütte kamen! Sie war zu einem schönen Bauernhaus geworden, und alles darin war einfach, aber gut und reinlich.

„Das hat das gute Glasmännlein getan!" rief Peter.

„Wie schön!" sagte Frau Lisbeth. „Und hier ist mir viel 5 heimlicher als in dem großen Haus mit dem vielen Gesinde."

Von jetzt an wurde Peter Munk ein fleißiger und wacke-

rer Mann. Er war zufrieden mit dem, was er hatte, trieb sein Handwerk unverdrossen, und so kam es, daß er durch eigene Kraft wohlhabend wurde und angesehen und beliebt 10 im ganzen Wald. Er zankte nie mehr mit Frau Lisbeth, ehrte seine Mutter und gab den Armen, die an seine Türe pochten. Als nach Jahr und Tag Frau Lisbeth von einem schönen Knaben genas, ging Peter nach dem Tannenbühl und sagte sein Sprüchlein. Aber das Glasmännlein zeigte 15 sich nicht. „Herr Schatzhauser!" rief er laut. „Hört mich doch; ich will ja nichts anderes, als Euch zu Gevatter bitten

bei meinem Söhnlein!"　Aber er gab keine Antwort; nur
ein kurzer Windstoß sauste durch die Tannen und warf einige
Tannenzapfen herab ins Gras.　„So will ich dies zum
Andenken mitnehmen, weil Ihr Euch doch nicht sehen lassen
5 wollet," rief Peter, steckte die Zapfen in die Tasche und ging
nach Hause; aber als er zu Hause das Sonntagswams aus=
zog, und seine Mutter die Taschen umwandte und das
Wams in den Kasten legen wollte, da fielen vier stattliche
Geldrollen heraus, und als man sie öffnete, waren es lauter
10 gute, neue badische Taler, und kein einziger falscher darunter.
Und das war das Patengeschenk des Männleins im Tan=
nenwald für den kleinen Peter.

So lebten sie still und unverdrossen fort, und noch oft
nachher, als Peter Munk schon graue Haare hatte, sagte er:
15 „Es ist doch besser, zufrieden zu sein mit wenigem, als Gold
und Güter haben und ein k a l t e s H e r z."

www.ingramcontent.com/pod-product-compliance
Lightning Source LLC
Chambersburg PA
CBHW022150020726
47496CB00008B/2654